創作の極意と掟

筒井康隆

講談社

創作の極意と掟　目次

装幀・装画　山藤章二

創作の極意と掟

序言

この文章は謂わば筆者の、作家としての遺言である。その対象とするのはプロの作家になろうとしている人、そしてプロの作家すべてだ。プロの作家に何かを教えようなどというのは僭越極まりないことであるが、あくまで遺言なのだから、作家歴六十年になる筆者の言葉から何か気づくものや参考になることを一つでも汲取っていただければありがたいと思う。と言っても、これはいわゆる教科書でもなければ何なに読本の類いでもない。ふざけたタイトルからもわかるように、単なるエッセイだ。老人が囲炉裏端で昔話を交えて語る繰り言と思って気楽に読んでいただきたい。

長年文学賞の選考委員をやってきて、特に新人や若い作家には、ご本人が気づいておられないらしいことに筆者が気づき、教えてあげたいがその機会がないということが多く、ぜひともこの文章から何か役に立つことを得ていただくか、やるべきでないことを知っていただきたいものだ。

「小説作法」に類するものを何度か求められたのだが、いつもお断りしてきた。小説とは何をどのように書いてもよい文章芸術の唯一のジャンルである、だから作法など不要、というのが筆者の持論だったからだ。しかるに今このようなものを書こうとするのは、従来の小説作法にはない、そして他の作家や作家志望者に教えてあげることができそうな、そして小生のみに書けそうなことがたくさん浮かんできたからである。だからこれは、本来の意味での小説作法ではないことを知っておいていただきたい。内容も従来のお作法本とはだいぶ異っていて、各項目では多く、今までにあまり書かれることのなかった事柄を取りあげている。

その各項目はたいへん短いから、時には説明不足や書くべきことが脱落していたりもするだろうが、項目の数は多いから、たいていは他の項目の中の文章で補っている筈だ。知りたいことがその項目の章に見当らなくても他の章を全部お読みになれば納得していただけよう。項目の順番が出鱈目に見えるかもしれないが、これは筆者の大切に思っている項目、またはその時の気分で書く気になった項目から順番に書き、殊更並べ替えたりしていないのでこうなったのである。悪しからず。

筆者だって面白い小説は切実に読みたい。この小文によってどなたかの筆でより面白い短篇や長篇が生まれたならば、それは望外の喜びである。なお、タイトルの「創作」とはあくまで小説のことだ。このことは本文中でも何度か繰りかえし念を押すことになるだろう。

筆者が恐れるのは、そんなことを言いながらそれではお前のこの作品はどうなのだ、言っていることと違うではないかと指摘されることである。これだけはひとつ、ご勘弁願いたい。この文章は、そんな小説を書いてしまった自分への反省も籠めて書いているのだから。

凄味

小説を書こう、あるいは小説家になろうと決めた時から、その人の書くものには凄味が生じる筈である。小説を書くとは、もはや無頼《ぶらい》の世界に踏み込むことであり、良識を拒否することでもある。ただ無邪気な童話を書こう、心温まる話を書こう、純愛を書こうというような場合でも、小説を書く覚悟を決めた人が書く以上はどんな小説であれ、そこには必ず凄味がある筈で、だから逆に言えば、殊更小説には凄味がなくてはならぬなどと言う必要はないのかもしれない。

小説を書こうと思い立つような人ならば、他人にはない、自分にしか表現できないものを持っているという自信がある筈だ。その自信が正しくても間違っていても、いや、正しいということは滅多になくて、小説を書くための正しい自信などというものはどうせろくなものではなく、間違っている方が多いのだが、間違っているからこそ、その自信ある書き方に凄味が生まれるのである。

中には作家になろうとする自分に自信が持てない人もいるだろう。するとその人は自分の表現するものの正当性を作品の中で表現として主張したり、読む人や自分自身を表現の中で説得しようとしたりする筈である。この場合、その正当性があまり正当でなく、ちょっとズレていたりした場合の方が凄味が強く出る。わたしの感覚は正しいと主張して少しまともではない感覚を表現する方があきらかに凄味があるのだ。

小説の中に必ず含まれているそうした凄味は、通常の小説ならばたいてい微量であり、なかなか読者に伝わりにくい。しかし意識せずとも読者にその凄味は必ず伝わっている筈で、それこそが読者に小説を読み続けさせる魅力なのだ。

自分に小説が書けるのかという不安は、どんな自信のある人にでも存在する。自分の考え方や表現方法が、ほんとに新しいものであり、小説にするだけの価値があるものなのかどうかという疑問は、新たな小説を書こうとするプロの作家にも存在していて、逆に言えば確固とした自信の中にそういう不安や疑問を内包していることこそが作家としての資質だろう。だからこそそこには第三者的立場で小説というものを客観的に見る才能を持った編集者という存在があり、その小説が世に受容《うけい》れられるかどうかの判断をし、作家に自信を持たせるのである。ただし編集者と作者の判断が一致しなかった場合、優先されるのはあくまで作者の側であることは言うまでもない。

逆に言うなら自分の考え方すべてに自信満満という人の書いたものには、まったく凄味がない。なぜ自信満満なのかというと、その考え方が誰にでも受容れることのできる凡庸な、陳腐極まりないものであることが多いからだ。それこそがまさに良識のつまらなさであり、普遍的な価値観の退屈さであり、自動的な思考の馬鹿らしさなのである。そうしたものは小説ではなく小説とは無縁のものであり、だいたいにおいて小説として世に受容れてもらえることは少ないから、これらが小説本として売られていたりすることも滅多にない。だからそこはまあ諸君、安心して小説本を買いたまえ。

だがプロの作家ともなれば、技巧によって凄味を出したりもする。凄味のある作品にしようと意識している時もあり、常に凄味のある小説を書こうと意図している作家もいる。理解不能な人物を登場させたり、舞台設定をあやふやにしたり、登場人物の心に存在する闇の部分をほのめかしたり、作者であることの優位性を利用して必要なことを読者に教えなかったり、ここから先は作者にしかわからないのだということを強調したり、つまりはその作品世界の「底の知れなさ」を読者に感じさせるのである。こういうことは新人作家の場合、未熟のための意図せぬ欠落となって逆に凄味となる。怪我の功名だ。

凄味のある小説を書く作家として筆者がまず思い浮かべるのは色川武大である。この人は本人そのものに凄味があったのだが、これは直接つきあった者でないとわかるまい。色川武大は別に阿佐田哲也のペンネームで「麻雀放浪記」などのギャンブル小説を書いているが、特にギャンブル小説ではなくてもその作品すべてには凄味があり、純文学系統の作品であってもギャンブル小説に似た凄味を持っている。ギャンブルという行為には本来的に凄味があるから、書きさえすれば一定の凄味は出るものの、しかし他の作家が麻雀小説や博奕場《ばくちば》のやりとりを書いてもあまり凄くない。これはやはり書き方の問題なのだが、鉄火場を書くだけで凄味が出る筈という思い込みや安心感があるからだろう。ギャンブルにのめり込む人間の心理が絶妙に表現されていなければ真の凄味は出ない。

その心理とはどんなものなのだろう。金を失う、特にギャンブルで負けた時のように大金を失うという喪失感は、普通の人間にとっては悪夢に近く、相当に大きなものがある。ギャンブル小説でなくても色川武大はこの喪失感を金銭的なことだけではなく、実にみごとに表現した。特にギャンブルに関しては、これを現実に体験していない者が書く場合には想像力が必要で、だから体験したことのみうまく表現できるという体験型の作家は、つまり想像力、空想力に乏しい作家は題材にしない方が賢明だろう。

やくざはよく凄むから、やくざを登場させて凄ませればよかろうなどと考えることも安易である。いくらやくざがヤーサマ言葉で凄み続けても、小説の凄味には直結しない。これを極端にえんえんとやれば異化効果というものが生まれたりもするが、これがただちに凄味ではない。

無論現実のやくざには存在のありかたそのものに凄味がある。やくざだから凄いのではなくその精神生活、行動原理、人間関係、過去の履歴、運命などに凄味を引きずっていることを想像させるから凄いのであり、やくざを登場させるのなら、むしろそうしたことをこそ書くべきであろう。

凄味が必要、と言えばすぐに「死」だの、死に結びつく「恐怖」だのを書こうとするのも安易と言えよう。死の恐怖は本能的なものである。だからといって死や恐怖を登場人物に与えていくら怖がらせても、それが凄味を生むとは思わない方がよい。もっと人間の深層の襞の中にある不条理感、無力感などが刺激されねばならない。カフカの不条理感覚は「変身」にしろ「審判」にしろ、結果的には死に結びつくのではあるが、その表現の絶妙さゆえに凄味がある。つまり死や恐怖は間接的表現の裏側にぼんやりとその存在をほのめかした方が凄味に結びつくことはあきらかなのだ。

以下は読者サービスというか、ほんのちょっとした「凄味」のサンプルである。これをこのまま使われると少し困るのだが、以下のエピソードの設定や人物を変えて適宜応用していただき、小説の筋書きの中に有機的に利用してもらうことなら可能だろう。本来のストーリイを書き終え、どうも凄味が不足していると感じられた方には、案外重宝するエピソードかもしれない。

主人公は男でも女でもよく、住んでいるのは自宅でもマンションでも下宿でもかまわない。この主人公が毎晩、夜まわりの「火の用心」という声、そして拍子木の音を聞く。声は老人らしく、嗄れてはいるが上品な声である。どんな人がまわっているのだろうと主人公は気にする。

本筋のストーリイが進行している途中でもよいし、冒頭の前段に続いてでもいいが、ある夜主人公はいつもより遅くなった帰宅の途中でこの夜まわりの声と拍子木の音を聞き、チャンスとばかりに家並みを歩いてその声音を追う。だが、なぜか夜まわりの姿を見ることができない。

そして結末。本筋が終ってから次の一節をつけ加えればよろしい。

「今夜もまたあの夜まわりの声と拍子木の音が聞こえてくる。どんな人なのだろうなあと想像するが、遭うことはできない。もしかしてあの老人には、誰も遭うことができないのかもしれない」

如何《いかが》ですかな。ちょいとした凄味一丁あがり。うまく本筋と折り合えばいい短篇になりますぞ。

ところでこの「凄味」の項を書いた後で、山川方夫《まさお》に「軍国歌謡集」という短篇があることを人から教えられた。山川方夫と言えば交通事故で夭折した作家であり、彼が連載中だった「科学朝日」からショート・ショートの引継ぎを頼まれて二年ほど書いた因縁がある。「軍国歌謡集」を読むのは初めてだったが、これは毎夜のように軍歌を歌いながら窓の下を通って行く女の話である。先の夜まわりの話と似ているのはそこまでであり、この話の場合、主人公は窓を開けてその女性の顔を見てしまうのであるが、太宰的な自虐的自省も含めてそのあとの展開に凄味があり、三十四歳の若さで亡くなったことが惜しまれる山川の、最良の短篇である。

色気

色気と言っても、強《あな》ち男女の愛欲などのことには限らない。ここでは主として文中に、ほとんどは作者が意図せずして生み出し、時には湧き出させ、稀に横溢させている色気のことである。ではそれはどのようなものかと問われても、こうすれば文章に色気が出ますと教えることができるようなものではない。しかしながら小説の文章である限り、やはり色気というものはなくてはならないものだと言うことができる。

そもそも小説は情感を読者に伝えることが大事であり、たいていの作者はそれを意図して書いている。作家を志す人も、いかにして自分の情感を伝えるか、そのためにはどのような表現をすればよいかに腐心する。だからどのような小説の文章にも色気があるのは当然と言える。

そのような色気というのはいったいどこで生まれてどうしてやって来るのか。これを簡単にフロイト理論で解説して、人間なら誰にでもある性欲つまりリビドーが文章という形で芸術的に昇華されたのであると言っても、色気のある情感たっぷりの文章を書こうとしている小説家や作家志望者にとってさほどの参考にはならない。フロイトがダ・ヴィンチの芸術から、彼が極端な女嫌いであったことによるリビドーの昇華の高まりを論じたように、では過去、それに類する作家がいたかどうかを考えてみると、筆者が思い浮かべるのは、実は宮沢賢治である。彼は生涯妻帯しなかったし、女性にあまり興味がなかったらしいのだが、それによってリビドーは芸術的に昇華されたのかどうか。

実は彼の作品にはたいへんな色気が存在する。「風の又三郎」や「注文の多い料理店」など多くの作品に筆者は色気の横溢を感じたものだ。

「賢治の作品には凄い色気がありますね」

自分だけが色気を感じているのではないかと疑い、ある時賢治に詳しい井上ひさしにそう言ってみたところ、彼も「あります」と同意してくれたから、きっとそれは確かなのであろう。しかしこれは例外である。多くの作家は通常の男女関係を持つことによってリビドーを発散させていながら、ちゃんとその作品にも色気があるのだから。

意外に思われるかもしれないが、実は前章で「凄味」には直接結びつかないと述べた「死」や死に直結する「恐怖」は、案外色気と結びつくのである。賢治の「注文の多い料理店」でも、自分たちが何者かに喰われると知った二人の青年紳士が、死の恐怖に怯えて泣き叫ぶところなど、異常なほどの色気だ。典型的な例として、これは小説ではないが三島由紀夫が撮った映画「憂国」など、死と愛欲が重なりあった世界を描いてみごとと言えるだろう。歌舞伎の心中ものなどの強烈な色気もそうである。だから心中というテーマで小説を書けば、最初から色気が保証されているようなものだ。

しかし単に男女のエロチックな愛欲描写だけをえんえんとやっただけでは小説としての色気は少しも感じられない。これはポルノグラフィであって、読者はリビドーを昂進させるかもしれないが、それは小説としての色気ではない。絶対にやってならないことは、作者自身が性的に興奮するためエロチックな描写をすることである。時に昔から娯楽小説、大衆小説の老大家が、衰えてきた自らの性欲を鼓舞するためにこういうものを書いていたりするが、これなどは醜悪極まりない行為である。無論、そこに作者独特の美学や決意があればその限りではないのだが。

小説の色気はむしろ、男女のエロチックな愛欲描写などとは無関係に存在すると言ってよいだろう。稲葉真弓は志摩半島に別荘を持ち、そこでの一年を「半島へ」という長篇で描いているが、彼女の自然描写は滴るような色気を含んでいて驚かされる。五月の新緑の中で羊歯《しだ》の茂みを雄の雉子《きじ》がゆったりと歩いている美しさ、海辺の光や風の中に抱かれているという感情。主人公は自然の変化の中に完全に身を委ねているのだ。初老の女性にしてただごとならぬ色気である。

そしてここでも「死」が色気と密接にからみあって現れる。散歩の途中でふと動物の死骸に遭遇したり、森の中を死に場所に選んだ女性の白骨死体などが作者に死を思わせ、彼女自身のことばによれば、「すぐ傍らに死があるから『いまの瞬間』をこのうえなく美しく感じたのだろうし、書いている幸福感を感じることができたのだという思いがこみあげてきた」というのである。これこそがすべての作家の持つべき感情ではないだろうか。そこにこそ小説としての色気があると筆者は言いたいのである。また、作者自身の色気でもあると言いたいのだ。

全身から色気を発散させている人物が少なからず存在する。それを感じる人物は各人さまざまだと思うが、筆者にとってそれは例えば政治家では中川昭一元財務大臣、学者では小惑星探査機はやぶさの川口淳一郎、野球選手ではイチロー、角界では松ヶ根親方もと若嶋津と、九重親方のもと千代の富士、作家では宮本輝と町田康で、この二人の作品に色気があるのは当然のことであろう。俳優では堺雅人と藤原竜也。女形もやる歌舞伎俳優に色気があるのは当然のことだが、六代目中村歌右衛門を越す役者はいまだにあらわれていない。色気があって当然の女性は省くことにするが、特筆すべき女性を三人だけあげておく。まずは元国務長官のコンドリーザ・ライス。国務長官を辞めてから見違えるほどの色気が出てきた。さらには、渡独してフランクフルトへ移籍したなでしこジャパンの4番DF熊谷紗希(現在はリヨン所属)。そして評論家の斎藤美奈子である。斎藤美奈子はご本人自身にも色気があるが文章の色気もただごとではない。この種の本を「文章読本さん江」という著書でなで斬りにしているから、それを恐れて阿《おもね》っているのではない。これは断言しておく。

さて、何を言いたいかというと、作家すべては自身が色気を持てと言いたいのである。そうすれば特に色気を意識せずとも色気が文章の端ばしに匂うであろう。われわれはダ・ヴィンチや賢治のような天才ではないから、やはり常に色気を保ったままの日常を送ることになる。それを保つためには、常に誰かを恋し続けていなければならない。それが手の届かない高嶺の花であろうと、手を出してはいけない既婚者であろうと、ひそかに、できれば情熱的に、恋し続けていなければならない。その背後に死の影が見え隠れしていれば文句なしだ。そうすれば作品には何を書こうと色気がしぜんに漂ってくるのである。人間の性格類型には色情的生活型と呼ばれる一群があり、この人たちは見るもの聞くものすべてから色情に類したことを想像する。若い人の精神はこれに近いのだが、色情狂にさえならなければ、歳をとってもこのような気持を持ち続けることは大切であろう。

ところで、われわれが通常想像する色気のある文章というのは、情感たっぷりの、情緒纏綿《てんめん》たる、形容過多の文章である。そのような文章の対極にあるのがハードボイルドの文体、ヘミングウェイを頂点とする、あの簡潔な、ぽきぽきと釘が折れたようなと形容されることの多い文章だ。ではああいった文章に色気はないのかといえば、ちっともそんなことはない。「フランシス・マコウマーの短い幸福な生涯」はヘミングウェイの代表作と言われている短篇で、話としては臆病な振舞いをした主人公がそれを恥じて勇敢なところを見せるものの、臆病者の名を返上した途端に死んでしまうという、コンラッドの「ロード・ジム」に似た物語である。そのマコウマーが、ライオンの前から臆病な兎のように逃げ出したあと、それを見ていた妻が彼に愛想をつかし、マコウマーに替ってライオンを仕留めた狩猟家のウィルソンに対し、夫の見ている前でキスする部分がある。

マコウマーの妻は彼のほうを見なかったし、彼も彼女のほうを見なかった。彼は、うしろの座席に妻と並んですわり、ウィルソンは前の席についた。一度彼は手をのばして、眼をそらしたまま、妻の手をとったが、彼女は手をひっこめた。河の向こう岸で鉄砲持ちの連中がライオンの皮を剝いでいるのが見えた。それで、彼女にさっきのいちぶしじゅうが見えたことを彼は知った。かれらがそこにすわっている間に、彼の妻は手を前にのばして、ウィルソンの肩の上においた。ウィルソンがふりむくと彼女は低い座席の上に身をのり出して、彼の口にキスした。

「これは、これは」とウィルソンは言い、いつもの日焼けした色よりも、もっと赤くなった。
「ロバート・ウィルソンさん」と彼女は言った。「美男で赤ら顔のロバート・ウィルソンさん」
それから彼女はふたたびマコウマーの横に腰をおろし、河を越して、ライオンの横たわっているほうへ眼をやった。

（福田陸太郎・訳）

マコウマーの反応はまったく書かれていない。妻の言動に嫉妬しなかった筈はないのだが、ずっとライオンから逃げ出したことを考えていたらしいことが後段で書かれているだけだ。嫉妬と恥が重なるこの場面だからこその、マコウマーの妻の女らしい行為と女らしい言葉の、ただならぬ色気に注目していただきたいものである。

揺蕩

今までの小説に飽き足りない。どれも同じような作品ばかりだ。もっと、今までにない新しい作品が読みたい。誰も書かないのなら自分が書こうか。自分が書けば、少くとも今までの作品よりは新しいものが書ける筈だ。新人としてデビューする限りは、何かそこに新しさが必要な筈なのだから。そう思った作家志望者が小説を書こうとする限り、そこにはたとえ技術的に未熟であるにしても、何らかの新しさが含まれていることは半ば保証されているかに思える。

しかしそれは本当に新しいのか。自分が考えたほどの新しいと思える感覚や表現は誰かがとっくに書いているのではないだろうか。そう思った場合、これは特に作家志望者でなく、プロの作家が何か新しいことを思いついた場合でも、文芸時評、または文学評論を手にとって読むことになる。そこに自分の考えた新しい感覚や表現を示すテクニカル・ターム、つまり批評用語が出てこなければ安心する。その一方では自分の考えたことが文学にとって何の価値もないものなのではないか、だからこそそれを示す批評用語がないのではないかと不安になる。

これは実に厄介な問題だ。その人の考えたことが本当に新しいものであるのならば、そんな作品はまだ現実には存在しないのだからそれを批評する批評言語だってまだ存在しないのである。だから自分の作品の新しさを批評家に保証してもらおうと思っても、現実にその小説を書きあげてからでない限り、なんの評価も期待できない。しかし一生懸命に書きあげた作品がもしかすると無価値かもしれないのであれば、そもそも書く気にならないではないか。

逆の場合もある。自分がこれから書く、あるいはすでに書いた作品にどんな価値があるのかを知ろうとして文芸時評なり文学評論などを読み、そこに自分の考えたことと同じことが文学的に価値のあるものとして批評用語で示されていたので安心する、といった場合である。それがまだ作品執筆以前であれば大いなる自信が生まれ、安心して書くことができるわけだ。

ここで絶対にしてはならないことがある。ある特定の、あるいは多数の批評家が、ある批評用語を使って、現代において最も文学的価値が高いとしているいくつかの感覚や表現を、可能ならそのすべてを作品の中へ、感覚や表現としてそのまま持ち込もうとすることである。批評家に褒めてもらいたいが為に、絶対に褒めてもらえるような作品であり、貶《けな》されることは絶対にあるまいと思える作品を書きたいという気持はわからないでもないが、そんなこと批評家は先刻ご承知であって、まず褒めてはもらえない上、そんな小説は本来自分の中から生まれたものではなく、他の小説からの借りもの以上に価値の低いものにならざるを得ないのだ。小説家は文学評論など読まない方がいいとよく言われるのも、そんなことをする作家がいるからだろう。実際にもそんな作品をしばしば見かけるし、そういう作家同士がまるで評論家のような批評の技術用語を駆使して会話しているのを見かけることもある。

しかし筆者・筒井康隆が文学評論をよく読み、自身に文芸時評や「文学部唯野教授」などの著作もあり、そしてこんな文章を書いている以上、お前こそどうなんだとそれらを指摘される向きもあろう。だが小生は小説家が文学理論を学んではいけないなどと言ってはいないのだ。読んだ方が文学全体を見渡す視野を得ることができるだろうし、そこから新たな考え方を得ることも可能だろう。いやむしろ、作家が文学理論を学ぶことの有利さはそこにこそあるのだと言いたい。

最新の文学理論の本を読む。なるほどと思い、そこからさらに敷衍《ふえん》して、ではこんなアイディアはどうなのかと思いつく。それをメモするうちに、さらに新たな別の着想が浮かんでくる。次つぎに浮かんでくるのでメモをとる暇もない。興奮してきて立ちあがり、外へ出てあたりを歩きまわりながら頭を冷やそうとする。もしかしておれは天才なのではないか。こんな考え方すべてをぶち込んだ作品を書けばたいへんなことになるぞ。

だが小説家というのは理論家ではないことが多い。そうした考え方を理論化するのではなく、小説にしなければならないのだ。体系立てていないままの考えであり、それを小説に書こうとしているうちには、辻褄の合わぬところが生まれてくる。登場人物の主張や考え方が前半部分と後半部分では違ってきていたり、作者つまり語り手のある事象に関する価値評価や判断がふらふらと揺れ動き、確定しない。こういう「揺蕩《ようとう》」を批評用語でアポリアと言うのだが、これが作品の中のあちこちに出現する。

この揺蕩を作家は恐れてはならない。序言でも言ったように、小説とは何をどのように書いてもよい文章芸術の唯一のジャンルなのである。その揺蕩ゆえに新しさが発見されたりもするし、実際に批評家たちはこのアポリアを珍重して、その作家を理解する一助とすることもあれば、その作品の新しさや作家の言いたいことを発見したりもする。イギリスの批評家のジョン・ベイリーが「小説は無秩序だから面白い。登場人物の性格が行きあたりばったりだからこそ自然に見える。それだからこそ読んで心地よい。喜ばしき平穏だ」などと言っているのも、ある程度は揺蕩のことを指しているのかもしれない。それらは作者自身が気づかなかったことであることも多いし、なるほど作品の分析などは批評家に任せておけばよいのだと作家を納得させたりもする。

こうした揺蕩が矛盾だとか破綻だとか論難され、批判されることもある。そんな時に作家は、たいていは初めて作品中の揺蕩に気がつき、なぜ自分の作品にそんな揺蕩が生まれたのかを不思議がったりもするのだが、あまり気にしてはいけない。矛盾であることは確かなことながら、それは決して作品の破綻ではない。小説自体の破綻というのはまた別のところにあり、それは次の「破綻」で述べることになる。

ここでまた、小説家がしてはならないことのひとつ。アポリアが珍重され、ベイリーが無秩序や行きあたりばったりを評価しているからといって、わざと登場人物や語り手に揺蕩をさせてはならない。理由は言うまでもなく、作家自身の揺蕩ではないからだ。文学的に無価値な上、読者をいたずらに混乱させるだけだからでもある。

例外として、語り手の揺蕩そのものが文学的実験である場合。そんなことを小生、まだ一度もしたことはないが、これはあくまでそんな実験もあり得るというだけの話である。まあ、よほど確固とした理論的裏付けがない限り、やらない方がよろしかろうと思う。

さらにまた例外としては、信頼できない語り手というのが登場する小説がある。これは主に一人称の語り手の場合が多く、語り手の精神病や偏見や自己欺瞞《ぎまん》や低学歴を示すためのものであったり、ミステリーにおいてはクリスティ「アクロイド殺人事件」のように読者を騙そうとするものであったり、時には語り手が子供であったり、サリンジャー「ライ麦畑でつかまえて」の主人公のように世間知らずで大人を憎悪している若者であったりもする。信頼できない複数の語り手というのは芥川龍之介の「藪の中」に代表される、何人かの語り手がそれぞれ真実として違うことを述べるというもの。また最近の文学作品で多いのは、語り手が現実と夢を混同していたり妄想を現実のものと見做していたりするものである。だがこれらはすべて確固とした理由でもって読者を混乱させているわけであり、揺蕩ではない。

無論、書いている途中で作者である自身の揺蕩に気づいた時には、ただちにこれを修正するというのが作家の良心であろう。多少の修正を加えたところで、科学者の緻密さや理論家の正確さとはほぼ無縁の小説家であるわけだから、すべての揺蕩を修正することなど不可能に近いのである。小生自身、他の作家の小説を読んでいてその中の揺蕩に気づくことが稀にあるが、ほとんど気にならないし、気にしないことにしている。だいたい政治家をはじめとして精神の揺蕩を持たぬ人がいるだろうか。それはその人の成長の証しなのかもしれないではないか。

破綻

ここで破綻というのは、小説の登場人物が破綻することではなく、あくまで作品の破綻である。破綻にはさまざまなものがあり、列記すれば次のようなものだ。

ストーリイの破綻。

首尾結構の破綻。

中断。

結末の破綻。

外的状況の破綻。

作者自身の破綻。

ストーリイの破綻とは、例えば書かれるべきことが書かれていなかったりして、物語の辻褄があわぬといったようなことである。白井喬二と言えば「富士に立つ影」を書き、大衆文学の最高峰とまで言われた作家だが、この人の担当編集者というのが後に血液型性格学を提唱した能見正比古だった。能見氏は白井喬二に連載小説を書いてもらっていたのだが、いちばん最後の大団円の章を渡され、読んで驚いた。ご存知のように大衆小説には必ず善玉の連中と悪玉の連中が登場する。善玉の侍たちが悪玉の巣窟を襲撃したのだが、その時善玉の若侍がひとり、悪玉の捕虜になってしまっていた。ところが事件が無事解決して大団円となり、善玉の連中が「よかった。よかった」と喜んでいる中に、あの捕虜になった筈の若侍が混じっていて、やはり「よかった。よかった」と言っているのである。これはちょっとまずいのではないか。能見氏はそう思って作者に注意したところ、白井喬二は面倒臭がって、そんならお前が書いてなんとかしろと言う。しかたなしに能見氏は、若侍救出の一章を書き加えたそうだ。

こういうことはまだ代作の名残りをとどめていた時代だから許されたのであろうが、いかに流行作家になったからといって、現代ではとても許されることではない。もっとも、細かい部分で辻褄の合わぬところが出てきた時に、担当編集者に辻褄合わせをやらせるくらいのことは今でもしている作家がいると思うが、いやしくも現代作家であれば、良心的とか何とか以前に、自らの作家精神を否定する行為として慎むべきであろう。

先の例ではさいわいにも大団円発表以前に書きなおしができたからよかったものの、こうしたストーリイの部分的破綻が小説を連載している途中で起りやすいことは、このエピソードからも充分想像できることだ。これが首尾結構の破綻となってくると、雑誌や新聞の連載によってさらに起りやすくなる現象である。言うまでもなく、連載していると発表されてしまった部分の書きなおしができないからだ。

しかし本来は、連載か否かにかかわらず、書き出す前に作品全体の構成を固めておく必要はある。これを「時間切れだ」というので結末までの運びも考えず、とにかく書き出してしまうという作家がいる。おれには何でもできるという自信というか、プロの作家の驕りというか、筆者はこれを糾弾できるような権威ではないから何も言わないが、くれぐれも新人や作家志望者がこの真似をしてはいけないとだけ申しあげておこう。

こうしたことから発生する首尾結構の破綻にはさまざまなものがある。例えば、濫《らん》觴《しょう》つまり出だしは日常的な家庭の描写から平易な文章で書き出しておきながら、進展するにつれて話もテーマもでかくなってきて、文章も重厚難解となり、ついには宇宙的規模の壮大なエンディングに到るというもの。小説におけるワルノリ現象とでも言おうか、これはこれで面白いのだが、それはあくまでプロの作家が読者を驚かせてやろうと意図的にやって見せる場合のことである。これをやるには通常の展開に加えてさまざまな工夫が必要になってくるから、新人がやると無様な失敗に終る。

これとは逆に、冒頭は意気込んで装飾過多の華麗な文章で筆を起しながら次第に腰砕けとなり、ストーリイを追うだけの無味乾燥な駆け足で結末に到るというものがある。これなどプロの作家は絶対にやらないみっともない破綻である。

書き進めていくうちに、話をどう進展させるべきかがわからなくなり、中断に到る場合もある。中断した小説は通常商品として流通させられないから、出版されることは少いものの、人気作家の作品などは中断しているにもかかわらずなんとか体裁を整えて出版されることがある。これに関してはちょっといやな思い出がある。半村良という作家は友人でもあったのだが、流行作家となり、多忙を極めた。そのため未完に終った長篇やシリーズも多かった。六十八歳という若さで死んだためでもあっただろう。その彼がまだ生存中のことだったが、「虚空王の秘宝」という長篇の解説を頼まれて、未読だったにかかわらず友人のことでもあり引き受けてしまった。一読して後半、特に結末部分が破綻していることを知り、唖然とする。編集者に事情を聞くと、雑誌連載時に中断したまま十年ほどそのままであったらしい。出版するにあたり、半ちゃんに頼み込んでなんとか結末部分を書き加えてもらったのだという。

前半部分は実にすばらしい。気宇壮大であり、活劇としても迫力充分で、テーマも確固としている。それが途中から何やら生物というものへの考察がくり返しあらわれるようになってからおかしくなる。思うに主人公の赴くところが神秘的哲学的世界となり、作者の手に負えなくなってしまったからではないだろうか。十年ほどの中断はこのあたりだったのだろうと思う。そして最後は駆け足になってあたふたと終ってしまうのだ。

困った末、小生は解説にこう書いている。

「われわれSF出身作家には、とても手に負えないとわかっていながら敢えて挑戦するという共通の傾向がある。（中略）そのため連載が中断したり、ついには未完に終るという場合すらある。これを許してくれるSFの読者は、やさしいというよりむしろ、作家がそれほど巨大なテーマに挑戦すること、そのこと自体を壮大な思考実験である証左として歓迎する向きがあるのではないだろうか。（中略）批評家による常套的な批評であれば単純に『この作品は冒頭の大風呂敷を処理しきれずに破綻している』と書かれることはまず間違いのないところだ。しかしわれわれ同業者つまり作家としては、また一般読者としては、小説の面白さを決して予定調和に終る作品にのみ見出すのではない」

似たような例は中断したままで終った小松左京の「虚無回廊」などいくつかあるが、小生の考えは基本的に、今でも変わってはいない。しかし筆者自身がこのような中断という事態を招き、なんとかラストを書いて恰好をつけてくれと編集者に頼まれた場合は、きちんとした結末を書けるだけの自信がない限りお断りする筈だ。執筆途中で書けなくなったり、連載を中断したりしてその小説が世に出なかったとしても、それほど困難なことをやろうとした経験は必ずあとの作品によい影響を残す筈だからである。

例外として、意図的な中断というものがある。柴田錬三郎「絵草紙うろつき夜太」は週刊誌に連載された長篇だが、ここではあらゆる奇想天外な実験が行われた。そのひとつに、小説が載るべき誌面で柴錬が「もう書けなくなった」という泣き言をえんえんと述べるくだりがある。これを本気にして心配した読者を柴錬は笑うのである。こんなことは柴錬ほどの人気作家であり手練《てだ》れにしてはじめて可能なお遊びだから、ちょっと他のプロ作家には真似できない。

小説のラストが破綻しているのは、あきらかに作者が作品全体のことを考えずに書きはじめたからである。たとえそうであったにしても、テーマさえはっきりしていれば結末も自ずから決ってくる筈なのだ。多いのは、すでにテーマを語り尽し、話の決着がついているにかかわらず、結末をつける方法が見出せぬまま、いつまでもだらだらと書き続けられている作品だ。登場人物たちが身の振り方に困って右往左往しているという喜劇じみたメタフィクションになることもある。何も登場人物たちの「それから彼はどうなったか」「以後、彼女はどうしたか」を、読者サービスだというならともかく、必ず書かねばならぬ必要はないのだし、話が終っているのに、さらに主人公が死ぬまでを律義に書く丹念さは小説には無用のものだ。連載の場合の「読者や編集者から、もっと続けてください、できればいつまでもと言われたから」などという言い訳はきちんとした作家の言うべきことではない。

結末近くの意図的な擱筆《かくひつ》というのを、筆者は一度だけ試みたことがある。志賀直哉「小僧の神様」にも似たような擱筆宣言による結末があるのだが、小生のはもっとはっきりした擱筆宣言である。これは「稲荷の紋三郎」という短篇なのだが（短篇集「壊れかた指南」所収）、着想の段階でいい結末が思いつかず、最初から結末をつけぬことに決めて書き出した。その話の最後に筆者はこう書いている。

「さて、ここまで書いて作者、実はあとが続かなくなった。いや。続けることはできるのだが、どう書いたところで今までに書いた類似の話を越す面白い結末にはならぬ。読者も先刻ご承知の通り、以後、男女人畜入り乱れてのドタバタ愛欲絵巻となるのであるが、どうせ予定調和に終るのであり、そんなものは書いてもしかたがない。ここは作者が無理に結末を書くよりも、読者の突拍子もないご想像に任せた方がよいと判断し、筆を擱《お》くのである」

案の定これを読んだ読者が編集者に文句の電話をかけてきたという。さて結末に関する筆者の判断が正しいのかどうか、諸氏のお考えは如何であろうか。

その次の、外的状況の破綻というのは、連載中の雑誌の廃刊や災害などによって作品執筆の中断を強いられたりすることである。これは作家自身の責任ではないから、特に書くほどのことではない。

作家が事故や病気で書けなくなったりすることもある。新聞連載をしている最中などは特に怪我や健康には気をつけなければならない。そんなことにならないためにも、連載小説などは早いめ早いめに書いておくべきだろう。特に新聞連載では行き詰まりや怠慢のせいで、画家や編集者に迷惑をかける作家がいる。新聞を刷りにかかる前日になっても入稿されず、胃に穴があいた編集者もいるくらいである。いくらやくざな稼業の作家だからといっても最低限の責任は持たねばなるまい。これなどは「作者自身の破綻」の範疇に含めていいのかもしれない。

むろん作家自身の最大の破綻はその作家の死亡であるが、これだけはどうしようもあるまい。それにしても死後に明らかになった、井上ひさしが生前に中断していた作品、未刊行の作品の多さには感心してしまう。これらは未だに次つぎと本になり続けていて、小生も彼の掌篇小説集の解説を頼まれたがこれも未刊行だった。老年期に入った作家は遺族のためにも、未発表の作品をひとつやふたつ、残しておいてやるべきなのかもしれない。もっとも小生にはとてもそんな余裕などないのであるが。

この項目を書いたあと、人から指摘されて思い出したことがある。チャンドラー「大いなる眠り」にまつわる話である。これは「三つ数えろ」というタイトルで、ハワード・ホークス監督、ハンフリー・ボガート主演の映画になったのだが、撮影中、台本を読んでいたボギーが「おい、この運転手は誰に殺されたんだ」という疑問を発し、監督にもわからず、原作者に問い合わせたところ、チャンドラーにもわからなかったと言う。早川書房から出た「レイモンド・チャンドラー語る」（清水俊二・訳）を読むと、実際チャンドラーは出版社のハミシュ・ハミルトンに宛てた手紙でこう書いている。

「……数年前、ハワード・ホークスが『大いなる眠り』を製作していたとき、彼とボガートが登場人物の一人が殺されたのか、自殺したのかということについて議論をしたのを、私は覚えています。彼らは電報で私に訊いてきましたが、そんなことは私も知りませんでした……」

映画も見たし、小説も双葉十三郎の訳で読み返したが、やはりどちらも運転手がどうして死んだのかは描かれていない。映画の方は脚本を書いたのがのちにノーベル文学賞を取るフォークナーやSF作家のリイ・ブラケットなど錚錚《そうそう》たるメンバーである。では彼らは原作の破綻を見逃したのだろうか。急な展開を維持するためにこまかい部分はどうでもよかったということだろうか。そうではないと小生は思う。この項目冒頭の白井喬二のエピソードと異るところは、この原作が通常のエンターテインメントでも本格推理小説でもなく、表現や人間描写を第一とするリアリズムの小説であったということであり、優れた脚本家たちはそれを知っていたのだろう。必ずしも「小説は無秩序でいい加減だからこそ面白い」というのではなく、現実に近いリアリズムの小説ではこの原作同様、解決不能の事件が無数に起るのである。

それにしてもチャンドラーは作者としていささか無責任ではないのか。直井明は著書「本棚のスフィンクス」の中でこの原作と映画について詳細に論じ、「チャンドラーは加筆修正すべきだった」と書いている。だが加筆修正すべき場所は、本格推理として読んだ場合他に何ヵ所もあるのだ。小生、この欠落は破綻ではないという結論に達している。「三つ数えろ」の欠落は、それを見つけたのがボギーであったことから「運転手はどうしたのか」というのが映画ファンの間で大いに話題になったらしい。これは真実かどうかわからないエピソードだが、ある日ボギーが妻のローレン・バコールと公園の池でボートに乗っている時、岸辺にいた青年が訊ねたと言う。「ヘイ、ボギー。運転手はどうしたんだい」ボギーは「おれの知ったことじゃねえや」と、うそぶいたそうだ。

小生ならば加筆していたことだろう。「おれの血は他人の血」を書いた時、兄の妻と弟の妻がやはり姉妹同士であったことからこの二人を混同した。これを読んだ父に指摘されて文庫化する時に修正したことを思い出す。

濫觴

「濫觴」というのは、小説に於いて言うなら冒頭、つまり書き出しのことである。小説の書き出しについては、過去の小説作法にさまざまなことが書かれている。最初の一行で物語の中に読者を引き込まなければいけないだの、あまり気負って書き出すとあとが続かなくなって腰砕けになるから、肩ひじ張らぬあっさりした書き出しの方がいいだの、中味をあらわす象徴的な書き出しにすべきだの、いきなり主人公の名前を出して登場させるのは非文学的だの、その他、その他である。

しかしこうした作法は、あらゆる小説形式やジャンルが混在する現代にあっては当然無視されてよい。それぞれは、ある特定の小説形式またはジャンルに相応する作法だからである。最初の例は明らかにエンターテインメントの読者を対象にした小説のことであろうし、次の例は大長篇の書き出しのことであろうし、その次は象徴主義の小説を念頭に置いている。そして最後の例はあきらかに反リアリズム作品を考慮に入れた提言であり、例えばポール・ヴァレリーが「わたしはこのような書き方は絶対にしない」と軽侮の念でもって述べたような、「侯爵夫人は五時に外出した」というような書き出しは、これが「シュルレアリスム宣言」を書いたアンドレ・ブルトンに対して述べられた言葉の再録であることからもわかるように、明らかにリアリズム小説への軽侮の念なのであろう。

ふたたび言うが、小説作法本に小説の出だしはどうあるべきかなどと書かれていれば、これはもう無視した方がよい。考慮されるべきはあくまで、「その小説の出だしはどう書けばよいか」である筈だ。ひとつひとつの作品にはその作品に最も相応《ふさわ》しい出だしがあるのだから。それを考えることこそが個個の作家の作業なのである。

それでは過去の名作で、その冒頭の文章が内容に相応しいかどうかをひとつだけ検証してみると、例えば始まりの文章で有名なのは川端康成の「雪国」であろう。「国境の長いトンネルを抜けると雪国であった。夜の底が白くなった」というこの冒頭が内容に相応しいかどうかと言うなら、これはもう、相応しいに決っているのである。その証拠に、これは「雪国」の最初の文章として誰でもが知っているからだ。逆に言えば、このように、その作品の冒頭として誰でもが知っているほど多くの人の心に定着したものであれば、もはや相応しいとしか言いようがない。実は小生、長い間この文章を「国境の長いトンネルを抜けると、そこはもう雪国であった」として記憶していた。「そこはもう」が余計だったのだが、とにかく余計なことを省いた文章がより優れていると言われる通りの名文であり、すべてを読み終えた時、冒頭にはなかった筈の文章までがあと記憶として残っているということは、その作品が優れていることの証左であり、だからこそこれ以上の書き出しはあるまいと思わせてしまうのだろう。

これに続く「夜の底が白くなった」という感覚的な文章は、作者が新感覚派であることを宣言すると同時に、そのつもりで読むよう読者に教えてもいて、これもまた冒頭に相応しい名文だ。雪が降り積もっている夜の表現としてみごとである。

内容に相応しい冒頭というものがいつまでも思いつかず、悩むときがある。別に肩ひじ張っていなくても、小説の書き出しは誰でも少しは悩むのだ。こういう時はまったく内容とは無関係の、突拍子もない文章で書き出すという手法もある。宮沢賢治「やまなし」の冒頭など、「クラムボン」という名前の、正体がまったくわからぬ動物の噂で始まる。そしてこのクラムボン、そのまま最後まで出てこないし、どんな動物なのかも結局不明のままだ。賢治がどんなつもりでこの動物を出したのかは未だにわからない。クラムボンという名前を思いついて、それに拘泥したのかもしれないし、原型となる動物がいたのかもしれないが、どの道登場させた意味は不明だ。今ではこの「クラムボン」を詮索するのは不粋であるということになっている。

これはずいぶんいい加減のようだが、こういういい加減さは小説では許される。小説全体がよくできていれば、逆にその冒頭の文章も、内容に則したいい書き出しであるということになるのだ。

読者に語りかけるような書き出しはわかり易く、好感で迎えられ、読者を読む気にさせることが多い。これとは逆に、読者を突き放すような難解極まる書き出しもある。これは作者が意気込んでいる場合が多く、無論いつまでもその調子は続かない。必ず腰砕けになるのでこういう書き出しはやめた方がよい。しかしそれが作者のメッセージである場合は別だ。この小説は読者を選ぶのだという作者の意志である場合もそうだし、生半可に読んでくれるなという作者の警告であったりもする。

小生の朝日新聞連載小説「聖痕」では、その第一回目の冒頭がこんな文章で始まる。

「悩ましきかな、未だわが聖痕なき頃の記憶はさだかならず。それはただ五年の、貴重で短く、そして心や肉体に魅惑の不浄が発現してはいない時代だったのだ。幼児期に根源から断ち切られたその快感は最初から失われていたに等しく、追体験しようもなく、幻肢を見せる脳もそれに対応する神経回路を残してはいない。快美感を招くと人が言うそのクオリアを、脳に蘇らせることは不可能なのだ。原初の記憶をなかば想像力とともにまさぐって遡行し、ひたすら清浄な時代を辿りなおそうとしても、自らが発する音響、飛び込んでくる画像は、ただ幼年時代の渦巻く混沌でしかないのだった」

これ以後は通常の文章になるのだが、それにしてもこの冒頭は何が何やらわからず、あまりにも難解だという評判によって、大いに話題になってほしいという作者の願いも籠められてはいるものの、実はこの小説、今までのこの作者の作品とは少し違いますよ、心構えが必要なのですよという、半ばは警告、半ばは宣言でもあるのだ。実際にもこの作品、進行するにつれて古語や枕詞などが頻出し、後半は特に読みづらくなる。今では忘れられた古い言葉の現代での復権を願って書いた長篇であり、難解になるのは当然なのだが、さすがに冒頭のような文章が出てくるのはあと八回に過ぎない。それでも全体としてやはり難解だという読者がいるかもしれないから、そういう読者に向ってはこう反論することになる。

日本一のクォーリティ・ペーパーの購読者たるあなたが何を言ってるんですか。森鷗外の「渋江抽斎」という難解な史伝は、その昔、毎日新聞に連載されている。新聞とはそういうメディアでもあるのだ。

何しろその「渋江抽斎」ときた日には、こんな濫觴でまず驚かせる。

三十七年如一瞬
学医伝業薄才伸
栄枯窮達任天命
安楽換銭不患貧

これに続く文章はというと、こうだ。

「これは渋江抽斎の述志の詩である。想うに天保十二年の暮に作ったものであろう。弘前の城主津軽順承の定府の医官で、当時近習詰になっていた。しかし隠居附にせられて、主に柳島にあった信順の館へ出仕することになっていた。父允成が致仕して、家督相続をしてから十九年、母岩田氏縫を喪ってから十二年、父を失ってから四年になっている。三度目の妻岡西氏徳と長男恒善、長女純、二男優善とが家族で、五人暮しである。主人が三十七、妻が三十二、長男が十六、長女が十一、二男が七つである。邸は神田弁慶橋にあった。知行は三百石である。しかし抽斎は心を潜めて古代の医書を読むことが好で、技を售《う》ろうという念がないから、知行より外の収入は殆どなかっただろう。ただ津軽家の秘方一粒金丹というものを製して売ることを許されていたので、若干《そこばく》の利益はあった」

現代の通常の散文に比べるとかなり難解な文章である。こうした文章がずっと続くのだから、今の若い読者のほとんどは投げ出しているだろう。

これは映画などでよく使われる手法だが、冒頭を考えることに行き詰まった時には、考えている物語のクライマックス、またはその少し前の部分を先に冒頭で明かしてしまってもよい。これはガブリエル・ガルシア＝マルケス「百年の孤独」の書き出しである。

「長い歳月がすぎて銃殺隊の前に立つはめになったとき、おそらくアウレリャーノ・ブエンディーア大佐は、父親に連れられて初めて氷を見にいった、遠い昔のあの午後を思い出したにちがいない」（鼓直・訳）

ウンベルト・エーコ「薔薇の名前」の冒頭は「手記だ、当然のことながら」というタイトルで、まるで序文のように小さな活字でこう書かれている。「一九六八年八月十六日、修道院長ヴァレという者のペンによる一巻の書物**『J・マビヨン師の版に基づきフランス語に訳出せるメルクのアドソン師の手記』**（一八四二年、パリ、ラ・スルス修道院印刷所刊）を私は手に入れた」

訳者の河島英昭によればこの部分は、「メルクのアドソとウンベルト・エーコとの関係性を説明したものであり、文学手法上の弁明《アポロギア》に属するということ——すなわち一九六〇年代の新前衛派（もしくは六三年グループ）の文学的試練を経たあとでは、少なくともイタリアでは、『侯爵夫人は五時に外出した』などという〈無邪気な〉小説の書き方はできない。たとえば、書いている本人が侯爵夫人ででもないかぎり、そのような書き方は単純にはありえない。そこでエーコは、『薔薇の名前』の元原稿ともいうべきアドソの手記を手に入れた説明を、縷々として行なうのである」ということらしい。

どうも難しいことになってきたが、現代日本では文学の最前線でも、ここまでは考えなくてよい。ただ、このように誰かの手記であることを冒頭で説明する「枠小説」という手法があることのみを憶えておけば、書き出しに困った時の一助になるだろう。

さて、そこで結論としては、作品の冒頭は個個の作品に最も相応しいものであるべきであり、それがいい書き出しかどうかは作品全体の出来次第で決定される、ということになる。逆に、名作とされる作品の冒頭部分を読めば、その作品はそう書き出すしかなかったのだと思わせてしまうからなのだ。

表題

「濫觴」と同様、小説のタイトルもその作品に最も相応しいものがよいのだが、だからこそ表題のつけ方に悩む作家は多い。昔は主人公の名前をタイトルにした小説が多かったのだが、今では小説のテーマをそのままタイトルにする、というのが一般的だ。しかしそれではあまりにもそっけなかったり、読者の読む気を失わせたりしそうで悩むのだ。結局ここでも、前章同様その作品が傑作でさえあれば、そのタイトルこそが最も相応しいものであったということになってしまうのだろう。事実、いい作品のタイトルは単なる記号ではなくなり、作品そのものとして独り歩きすることになる。いいタイトルとは、少し変っていて、その作品にしかつけられないタイトルで、だから誰かが真似をすればその作家の品性が問われるほどの独自性を持っているタイトル、ということになる。実際にも、名作とされる作品のタイトルは、あからさまなパロディででもない限り、真似られることは滅多にない。

岩崎夏海の長篇「もし高校野球の女子マネージャーがドラッカーの『マネジメント』を読んだら」という小説のタイトルは、鉤括弧《かぎかっこ》を入れて三十五字に及ぶ長いものである。これがベストセラーになりNHKでドラマ化されたりしたからといって、長いタイトルの小説がよく売れるとは限らない。さいわいこれを真似た長いタイトルの作品は書かれていないから、さすがに誰もがこの作品はこの長いタイトルでなければならなかったのであり、これを真似てもだめなのだと認識していたのだろう。これ以前のものでは村上春樹「世界の終りとハードボイルド・ワンダーランド」があり、これも真似されなかった。他の業界と異り、さすが文壇にいるのはその程度の自覚を持った人物ばかりなのであろうと思う。他に長いタイトルの小説としてはカート・ヴォネガット・ジュニアの「ローズウォーターさん、あなたに神のお恵みを」があり、SFではハーラン・エリスン「『悔い改めよ、ハーレクィン！』とチクタクマンはいった」がある。だいたい二十字前後ならばまずまず許容範囲内であろうか。

小説のタイトルがいくら長くてもかまわないとはいえ、これがもし五十字、百字に及ぶものであれば、出版社も二の足を踏んで作者に短くするよう頼んだことであろう。何よりもこれを紹介する出版関係各社や批評家に迷惑をかける上、当然載せられて然るべき本の紹介欄から省かれてしまうおそれもある。岩崎夏海の長いタイトルの作品も今や「もしドラ」の短縮形で語られることが多い。もしあなたの小説が短縮形で呼ばれるようになったら、それは名作の仲間入りをしたことになるので自慢してよい。憚りながら小生の作品では「時かけ」(「時をかける少女」)があります。

長大なタイトルという極端な例を除き、小説のタイトルはどのようなものであってもよい、ということは言える。つまり掟というほどのものは何もないのだ。一篇の小説が書かれた途端、そこには著作権が発生するもののタイトルの商標登録はなされないから、当然のことながら他の作家が同じタイトルを使用してもかまわないことになる。逆に、商標登録されている文字や言葉を小説のタイトルに使用しても、商標権侵害とされることはない。ただしその小説がゲーム化され、販売された場合、同じタイトルのゲームがすでに商標登録されていたら商標権侵害になってしまうが、これは創作とは別次元の問題だから省略する。

だから過去の作品と同じタイトルを使ってもかまわないわけではあるが、そこには掟とまでは言わぬものの、おのずから先行作品に対する礼儀は存在する。特にそれが名作であった場合は、そんな作品があることは知らなかったとは言えないわけで、そこに何らかの礼儀がない限り作家としての倫理性が疑われることになる。小説ではないが野田秀樹の脚本「贋作　罪と罰」は、ストーリイはほとんどドストエフスキーの「罪と罰」そのままでありながらも「贋作」と謳っている。「罪と罰」は使いやすいタイトルだから何度も使われてはいるが、たいていは「何何の」とつけ加えられたりしている。「罪と罰」そのままというのもあるがゲームであったり漫画であったり歌であったり、小説以外のジャンルが多い。小生の作品では「ウィークエンド・シャッフル」という、考えに考えてつけたタイトルが、そのままのタイトルで、あるグループに歌われていた。悔しかったものの著作権を主張することができず、諦めたことがある。

渡辺淳一の「失楽園」は、別にミルトンに仁義を通したわけではないだろうが、あれほどの古典になってしまえば、内容が同じというのでない限り許されるだろうし、渡辺淳一のあの小説はミルトンのそれとは似ても似つかぬものであり、その上エロチックな連想を誘う「失楽園」というタイトルに相応しいものであったのだからしかたあるまい。

小生ひとつだけ懺悔しなければならない。久生十蘭《ひさおじゅうらん》の「母子像」が、国際短篇小説コンクールの第一席になったほどの名作であることを知らず、短篇のタイトルに使ってしまったのである。指摘してくれた批評家がいて初めて知り、不明を恥じたものの、もはや久生十蘭は他界していて詫びることもできぬ。しかしその作品、これ以外のタイトルは思いつかなかったし、直木賞の候補にしてもよいかという遠回しな打診があったほどだから（直木賞候補にはすでに三回もノミネートされ、すでに人気作家になっていたから、文藝春秋も躊躇したのであろう。実際にこの時はノミネートされなかった）、決して駄作ではなかったのだと思い、自分を慰めている。

同時代の作家とタイトルでバッティングすることがある。「異形の白昼」というのはわがアンソロジイのタイトルだが、森村誠一が「異型の白昼」という作品を書いて、「形」と「型」の違いや、「いぎょう」「いけい」と読み方の違いもあったが、森村氏はこれに気づき、詫びの電話をしてきたことがある。アンソロジイと創作の違いがあるから無論問題はない。

絶対に誰ともバッティングしないタイトルをと考えても、する時にはするのであり、これはしかたのないことだ。せめて作家は誰のタイトルと同じであっても恥じることのない作品を書く努力をするべきである。先行する作品の存在に気づいても、自分の作品の方がよいという自信があれば恐れることはないのだ。

それまで「天使の誘惑」というタイトルの小説はなかったのだが、黛ジュンの歌であまりにも有名になってしまっているから、高橋三千綱は自著のタイトルを「天使を誘惑」にせざるを得なかったのだと思う。誘惑するのかされるのかの違いは解釈次第でどちらとも言えるからだ。「天使の誘惑」という官能小説が書かれたり焼酎の名前になったり韓国でドラマになったりしたのはその後だ。中沢新一のエッセイ「野ウサギの走り」が「野うさぎの走り」として焼酎になったのも、その刺激的で卓越したタイトルによるものだろう。「百年の孤独」が焼酎になったのも同様だ。自分のつけたタイトルが別ジャンルで商品化された場合は自慢してもいいだろう。

読者を読む気にさせる表題をつけるのはなかなか難しい。人によって好みが違うからいくら作者がいい表題だと自讃していても、そっぽを向く読者は必ずいる。批評家もタイトルの評価まではなかなかしてくれないから、作家もどんなタイトルがよいのかを判断できない。ここは小生の独断で、文学的に優れたタイトル、または読者を読む気にさせるタイトル、または名作なのでちょっと使いづらいし、よほどいい作品でない限り避けた方がよいと思われるタイトルのごく一部を挙げておこう。

マルケス「百年の孤独」
大江健三郎「同時代ゲーム」
カルヴィーノ「まっぷたつの子爵」「木のぼり男爵」
ボーモント「夜の旅その他の旅」
ブラッドベリ「たんぽぽのお酒」「何かが道をやってくる」「とうに夜半を過ぎて」
プイグ「蜘蛛女のキス」
檀一雄「火宅の人」
ドノソ「夜のみだらな鳥」
高見順「如何なる星の下に」

丸谷才一「裏声で歌へ君が代」
中上健次「十九歳の地図」
イヨネスコ「空中歩行者」
小林信彦「ぼくたちの好きな戦争」
川端康成「浅草紅団」
ル・クレジオ「物質的恍惚」
ヴォネガット「猫のゆりかご」
安部公房「棒になった男」「箱男」
トゥルニエ「赤い小人」
室生犀星「われはうたえどもやぶれかぶれ」
ロブ＝グリエ「快楽の漸進的横滑り」「ニューヨーク革命計画」

今、初めて気づいたのだが、思いつきで書き並べたに過ぎないこのリストを見ているだけでさえ、何だかぞくぞくしてくる。これこそがよきタイトルの凄味であり、背後に名作を背負った表題の迫力なのであろう。こうしたタイトルはとてもおいそれと自作につけられるものではないのである。しかし魅力的なタイトルは無理をしてでも少し変えて応用している作家が多い。ここにあげたタイトルを借用した小生の作品ではカルヴィーノからの「串刺し教授」、ドノソからの「邪眼鳥」があり、中上健次にはマルケスからの借用で「千年の愉楽」があり丸山健二には「千日の瑠璃」があり、小林信彦にはあきらかにボーモントからの借用で「夢の街その他の街」がある。中島らもにはいい表題が多いが、「永遠《とわ》も半ばを過ぎて」と、「今夜、すべてのバーで」はブラッドベリからの借用だろう。

テーマとも内容ともまったく関係のないタイトルをつけるというのも、表題に困った時のひとつの方法である。小生は一度だけ表題に困り、その短篇を思いつくきっかけになったムロジェクという作家の作品に謝意を示して「ムロジェクに感謝」というタイトルにしたことがある。読者には何が何だかわからなかっただろうが、無理にそれらしいタイトルをつけるよりは、作者にしかわからない記号のようなタイトルだって許されると考えている。絵じゃないのだから「作品1」「作品2」などは作品が増えてくると自分にも内容がわからず、ちょっと困りますがね。

迫力

小説には迫力がなければならない、などと言うとすぐに冒険小説などを連想する向きもあろうが、ここで言うのはそういうことではない。だいたい主人公の命が失われる筈のない冒険小説ではらはらどきどきするほどつまらないことはないのだ。内藤陳を信奉する冒険小説の愛好家やこれから書こうとしている人は眼を吊りあげるかもしれないが、予定調和に終る冒険小説というものが最も古い小説の形態であり、文学の先端からは最も遠いところにあるジャンルなのだということくらいは心得ておいていただきたいものである。その上で今までにない冒険小説をと志す人がいるなら、小生にも文句はない。

どちらにしろ、あらゆる小説に、迫力がなくてはならぬことは事実である。小説どころか哲学書にさえ迫力がある。ハイデガー「存在と時間」の異常な迫力を指摘する人は多いが、そのためかある哲学者などは二十世紀最大と言われているこの書物をエンターテインメントだと断言しているので小生吃驚《びっくり》したことがある。たしかに「恐怖」について述べた部分など、そう言われてもしかたがないほどの面白さであり、特に現存在＝人間のありように迫る後半などはど迫力である。

迫力とは主人公を窮地に追い込んだり過酷な運命に追いやったりストーリイを予想外に展開させたりすることによってのみ生じるものではない。静謐な私小説にだって凄愴な迫力を感じることがある。もはや迫力とは文章の力によって生じるものであると言い切ってしまってもよいのではないかとさえ小生は思う。文章というのは作家の思考の過程をそのまま表現してしまうものだから、さほどの考えもなくルーティン・ワークとして小説を書いてしまうような作家の作品からは絶対に迫力が生まれることはない。

プロの作家の中には、売文業者と言われてもしかたのないような輩《やから》が存在する。そういう人を責めるのではなく、そういう人たちを真似しないようにと若手に教えたいのだ。粋がってその真似をする人が多いのである。なんでもこなすから便利に使われているだけなのに、締切りに追われていることをしばしば公言し、明日までに何十枚書かなければならないなどと酒を飲んだり麻雀をしたりしながら笑って話す。自分はプロなのだからそういう状態にも手慣れた方法で対処できるのだと言いたいわけである。原稿が売れない新人からはとても恰好いいと思われ勝ちだ。こういう輩の書くものはと言うと表面きちんと起承転結や辻褄合わせはなされていて、スリルも盛り込まれエロティシズムも申し分なかったりし、いささかの文学性まであったりもするが、そこに決定的に欠けているのは迫力である。

創作に限らず、どの職業にもこれぞプロという人は存在していて、その人たちに共通しているのは己の職業をこよなく愛していることだ。金銭的なことは二の次で、ひたすらいい仕事をしようと心がける。創作にしても、仕事以外の場で今書いている小説のことを考えていて、ふと新たな考えを見出したり、誤りに気づいたりするとあわてて書斎に戻るというような執筆活動こそが、良心的だの何だのという以前に作家として当然のことだ。自分の書いている小説を愛し、小説の世界にのめり込み、その世界で生きているからこその営為であろう。こういう人の書くものに迫力が生まれぬわけはない。

そうしたプロの作家であってさえ、書くことがなかったり、題材に困ったりして悩むことはある。沢山書いてきたプロであってこその悩みと言える。しかしそこからが優れた作家の凄いところであって、今年七十七歳になる古井由吉言うところの「作家は何も書くことがなくなってからが勝負」が実に正当であるように、いったん題材を得たが最後、次つぎと書くべきことが雲のごとく沸き起こってくるのが普通なのだ。これこそが作家の精神なのであろう。迫力というのはそうした作家精神から生まれるものということもできる。逆に言えば、書きたいことがなくてもまったく悩まず、なんとかなるさと高をくくって、とにかく書き出すというような作家の精神はろくなものではない。

しかしながら、書きたいこと、書くべきことがあるからといって、それを全部書けばいいというものではない。うまく書けない時には、特にそれが新人ならば、自分のことを書くのがいちばんいいという小説作法がある。それはそれで正しいとしても、いざ自分のことを書きはじめると「あれも書きたい、これも書かねばならぬ」とばかり、えんえんと自分の精神内容や周囲の状況などを非文学的に書き連ねる人がいる。書きかたにもよるが概ねこういうものは読者にとってははなはだ迷惑である。読者のことをまったく考えないで迫力というものは生まれない。自分が作品に感情移入しているからといって、読者も必ず感情移入してくれるだろうと思うのは間違いであり、そこには冷静に作品全体を見渡せる批評眼も必要になってくる。作家たるもの、他人の作品の批評はできなくても、自分の作品に対する批評眼くらいは保持していなければならない。

さて、創作において迫力を生む題材といえば、ドラマツルギーになくてはならぬものとされる「対立」であろう。劇における対立とは、劇作家・木下順二のように何者かと作者との対立と理解されている場合が多い。ギリシア悲劇では運命と作者との対立、イプセンでは社会と作者との対立、といった具合なのだが、同じ創作でも小説の場合は、主人公と何者かとの対立、ということになるのではないか。私小説を除いての話だが、小説には作者に替わるものとして主人公というものが存在するからである。だから例えば親子の対立にしても、親子のどちらかが主人公であり、読者はそのどちらかに感情移入するからだ。夫婦の対立、教師と生徒の対立、兄弟姉妹の対立、友人同士の対立、上役や部下や同僚との対立、近隣との対立、みな同じである。いじめの場合は主人公と同級生ほとんど全員との対立ということになるが、この場合にも読者が感情移入するのはまず主人公である。これらは確実に迫力を生むテーマだろう。むろん運命との対立、社会との対立という小説もあり得るが、その場合は運命や社会を体現している他者が登場することになる。

善悪の対立となるとこれはいささか図式的になり、主人公は善、ということにせざるを得ず、ともすれば通常のエンターテインメントになってしまう。この場合、いっそのこと主人公を悪にしてしまう方法があり、これだと文学にもなり得るわけで、「罪と罰」がそうだし「赤と黒」もそうだろう。昔のミステリーでいうなら大藪春彦の諸作、最近のエンターテインメントで言うなら週刊文春や「このミス」で一位、山田風太郎賞受賞の貴志祐介「悪の教典」が「えげつない」ど迫力で大評判である。

悪と権力が結びついた時に生まれるのが独裁である。この独裁は現在の世界的な問題であると同時に、現代文学における重要なテーマでもある。南米や中東や、わが日本にはすぐご近所にもいるというこの独裁者は、文学において最も迫力を生む存在かもしれない。マルケスをはじめ多くの作家がこのテーマに挑戦し、我が国でも池澤夏樹が「マシアス・ギリの失脚」を、魅力的な独裁者として描いてはいるものの、いずれは失脚する存在として書き、迫力を生んでいる。

悪を描こうとする時、作家は自分の中にある悪の部分を顕在化させ、見つめなおすという作業が必要になってくる。そのせいで読者は、いかに主人公であろうとこれを作者の分身として読むことになる。そこで作者がどこまで、そして如何に自分自身の中の悪と対決できるかが迫力の源となってくるだろう。そう、こうなってくるともはや悪との対立ではなく、自分自身との対決である。

創作においては、悪である主人公と対立するのは通常、警察とか社会とかであろうが、純文学になってくると自分自身どころか、ドストエフスキーの諸作にも窺えるように、それは神ということになってくる。神との対決を描いたエンターテインメントとしては山田正紀のSF「神狩り」がある。ここでは神がほとんど悪役として登場する。どこ迫力だが、こんな作品、日本だからこそ書けたのだろうね。また、神、というのではなく、宗教との対立、信仰との対立という厳しいテーマでは遠藤周作の諸作がある。

自分自身の脆弱な部分、卑劣な部分、臆病な部分を前景化させ、時には拡大したりするのは私小説において壮絶な迫力を生む。どこまでやるのかと読者の心を震撼させるからである。マゾヒストの作家がなかば享楽的に自分の駄目な部分をこれでもかとばかり書く場合は、そこに対決姿勢がないために迫力を生まないものの、通常これをやるのは作家にとって実に過酷な作業である。嘉村礒多《かむらいそた》の「業苦」や「途上」などは私小説の極北と言われ、自分の心の醜さを徹底して露悪的に描き、罪の意識を綴っている。

作家自身の私生活は主にエッセイの形で書かれることが多く、そこでは自身の俗物性が面白おかしく語られていたりする。しかしこれが私小説となると、もはやユーモアまじりに書くことなどは許されない。自分自身との対決の中でも作家にとって特に苛酷なのは、自身の俗物性との対決であろう。浮世を超越しているかに見える芸術家とてその大半は俗物なのであり、作家ともなれば九十九パーセント以上が俗物であることは確かだ。小生とて天才でもなければ芸術家でもなく、ただの俗物である。そういう俗物であればこそ、作家としてその俗物性を追究し、対決しなければならないのだと思う。けち臭さ、名誉欲、虚栄、金銭欲、色好み、世間体、嫉妬心、好奇心、美食、アルコール依存など数えあげていけばきりがないが、自分の中のそんな恥ずかしいことを書かねばならないのは、たとえその俗物性が小説の主人公に仮託されていたとしても、読者はそれを作家の俗物性だと見抜いてしまうのだから、やはり恥を天下にさらす行為だ。しかしこうした俗物性との対決は、作家にとって不可欠の作業である。これが創作においてどれだけ役に立つかは計り知れないものがあるのだし、そこには迫力の源が存在する。

そして最後の対立の相手は「死」である。前記ハイデガー「存在と時間」の最後の部分で現存在＝人間が死を目前にする、いわゆるメメント・モリ（死を思え）のくだり、死を魅力的に書いているというので哲学の中でも評判のいいその部分こそが最も迫力あるくだりであることからもわかるように、主人公または作家が対決しなければならない最大のものが死であり、最大の迫力を生むのが死である。このテーマで書かれた小説は数多いが、手近なところでは星新一の「殉教」がある。ショート・ショートなので筋を明かせないのが残念だが、これを読んだ評論家・宮崎哲弥は「生きる意味だの、文明社会の秩序だのは、死の恐怖に吊り支えられている巨大な虚構に過ぎないのではないかという漠とした疑団に、思想という明確なかたちを与えてくれた」と書いている。

こうした死との対決もまた作家にとって大切な経験となる。死の一歩手前まで行った作家や死線をさまよった作家の書くものに壮絶な迫力が漲っているのはそのせいであろう。その前に立てば誰でもがその姿を正視すること叶わぬ死の物凄い形相。諸君も一度、真剣に死と向いあってみることだ。世界が背後に死を背負っているのだから、すべての小説の背後にも死が立ちはだかっている。死を背後に感じさせぬ作家などというものはあり得ないのだ。

展開

最近はワープロソフトの普及で、原稿の書きなおしが簡単にできるようになった。今でも頑として原稿用紙に手書きという作家がたくさんいるが、例えばストーリイの展開に齟齬《そご》を感じたりした場合、大幅に書きなおしをしなければならない。ずいぶん原稿を破ったなあなどと、小生も手書きだったころのことを思い出すのだ。それがよいか悪いかは別の問題だが、これがワープロソフトであればブロック単位で移動ができ、あちこちに少しずつ手を入れるだけですむ。

この展開というもの、ストーリイの進展だけで進むエンターテインメントであれば、書き漏らしさえしなければ、たまに回想形式で過去へ戻ったりはするものの、概ね事件が起った順に書いていけば問題はない。さらには小説作法では必ず触れられる「序破急」や、四コマ漫画に喩えられることの多い「起承転結」という技法がある。これはわざわざ説明する必要もないだろう。早くは小学校時代から作文の技法として教わったりもするので、小説を書こうというくらいの人ならたいていの人は自然の技法として身につけてしまっている。むしろこれに則った展開では「ベタな展開」というので馬鹿にされたりもする。しかしこれを無視するというのもなかなか勇気のいることだ。他の技法を求めようとしても「起・承・承・転結」とか「起・転・転・転・転・結」とか、必ず似通ったものになってしまう。まあ、通常の小説の場合は、よほどの着想でない限り、あまりおかしな展開にはしない方がよかろうと思う。つまり小説のよき展開として「序破急」や「起承転結」以外の技法はないのだ、と考えておいた方がよい。

しかしこの章ではあくまで、文学性を重視した作品における展開だけを念頭に置いて述べることになる。なぜなら文学作品においては、前記の技法に必要な直線的な時間が無視されることが多いからである。

だから文学作品において、展開は作家の自由である、ということをまず言っておこう。そこにこそ小説の自由さがひとつ存在するからだ。しかしながら、だからと言って小説の展開がそんなに恣意的であっていいのだろうか。「展開」という以上は小説を構成する上で、内容が次第に開かれたものになって行く必要はあるのではないだろうか。

その通りである。例えば作家が、自分の書きたいこと、書きやすいことから順に書いていった場合、最後に近づくにつれて作家の書きたかったことの残滓《ざんし》が、まるで金魚のウンコのように書き加えられているだけという結果になってしまう。しかし、例えばその残滓に、テーマの盛りあがりを読者に感じさせるような工夫が凝らされていれば別だ。だが別段、そんな苦労をしなくても、作家に構成力さえあれば自然な展開でテーマをクライマックスに導入することができるのである。だがどんなに苦労しても、そうならない場合も実はある。

島田雅彦「未確認尾行物体」は第一回三島由紀夫文学賞の候補作品だった。この作品の「展開」に関して選考委員だった小生と大江健三郎の間で議論が行われたのだが、それをこの項目では少し長く、詳しく述べることになる。選考委員は他に中上健次、江藤淳、宮本輝だった。大江氏はこの作品を推したのだが、小生がこの作品の「展開」に疑問を抱いたため、大江氏との討論になった。

医師の笹川賢一はあるきっかけから、ルチアーノと呼ばれているおカマのエイズ患者・高円修につきまとわれる。レストランや勤務先の病院などにあらわれたり、浮気の現場にまで尾行されたりする。さらにこのルチアーノは笹川の浮気の証拠書類一式を笹川夫人に送りつける。夫人はショックからヒステリックな男遊びに駆り立てられ、夫がルチアーノとも浮気しているに違いないと思い込む。そして今度はルチアーノが夫人の浮気の証拠書類一式を笹川に送りつけたことから夫婦仲は決定的に悪くなり、別居に到る。笹川が精神的疲労から休暇をとってやってきた湯治場のホテルまでルチアーノは追いかけてくる。そのレストランで彼は笹川の腕に嚙みつき、エイズを感染させてしまう。そしてルチアーノは笹川の目の前でチャーター船のデッキから川に身を投げ、死んでしまう。

「未確認尾行物体」という表題のこの前半は大変な迫力である。だが問題はそのあとの後半で、エイズ患者になった笹川の、精神の彷徨も含めた彷徨《さまよ》う姿が描かれる。生前のルチアーノが遺言替りに撮ったビデオ・イコンを見たり、それを撮った製作者に会いに行ったり、「エイズ友の会」に行ったり、医師社会から過去の人とされて、ついにはアフリカへ行こうと決意したりするのだが、もちろん語りとしてはそれだけではない。これらはそれぞれ「ビデオ・イコン」「エイズ友の会」「ウイルスの奇蹟」という短篇の趣きとなり、後半を形成しているのだが、そこには主人公と語り手によってエイズとは何かを考える思索の深化がある。しかし前半のあまりの迫力に圧倒された読者としては、この後半がなんとも物足りないのだ。この後半を「金魚のウンコ」と称した小生に、中上健次は笑って同意してくれたが、下世話な話ながら、もともと中上健次は島田雅彦があまり好きではなかったようにも感じられた。

しかし大江健三郎はエイズを考えることこそがこの作品のテーマであり、この思索の深化をこそ作品全体の盛りあがりと解釈したようだ。「ぼくが書いてもこうなります」と言うのだ。おそらくはエイズとは何か、果たして人類の友なのか、救済とは何かといった後半の知的な思索こそがこの作品のテーマであり文学的価値なのだということであったのだろう。しかし小生、それならそれで展開のしかたを考えるべきだったと思うので、大江氏にいろいろと反論した。どう反論したかは記憶にない。江藤淳もこの作品には否定的だった。だいたい江藤氏が嫌う作家には二種類あって、それは医者と美男子である。だから島田雅彦はもちろんのこと、どうもおれや宮本輝も嫌われていたのではないかと思うがそれはどうでもよい。宮本輝がこの作品についてどう言ったかは記憶にないが、結局この作品は選に漏れた。島田雅彦のためにも言っておくが、これは決して悪い作品ではない。迫力ある前半だけからも価値ある作品と断定できるし、われわれにこれだけの真剣な議論を齎《もたら》すような小説など滅多にないのだ。

あとでいろいろと考えた。迫力をそのままにして思索の深化を表現できる方法はないものだろうか。この作品では時間が直線的に流れてはいるものの、回想形式とか、錯時法とかいった技法は、まさにこのような場合に必要なのではないか。まず迫力を齎す張本人としてのルチアーノが中ほどで死んでしまったのがいけないのだ。これを最後まで生かしておけばよいのではないか。つまり後半の三つの短篇をごちゃごちゃにして前半に紛れ込ませるのだ。エイズとルチアーノの性格がそっくりという認識を軸にして、すでにエイズになってしまった笹川の思索と、なぜ彼がルチアーノからエイズを感染させられなければならなかったのかという経緯をごっちゃに描いて、いちばん最後をルチアーノの自殺で終わらせるというのはどうだろう。

これは実に困難な作業である。より前衛的にはなるものの、下手をすれば迫力も乏しくなり、思索の深化もうまく表現できぬ、わけのわからぬものになってしまうかもしれないのだ。それならばこのままの方がまだよかった、ということにならないだろうか。実は小生、未だにこの結論を出せずにいる。読者諸氏はどのようにお考えになるだろう。迫力ある筋運びとテーマなどの思索、この両極的な面白さを共に表現し続けるという展開を強いられる場合はたいへん多く、おそらくこれが展開を考える上でいちばん重要であり、いちばんの問題なのではないかと思う。

つまり、こういったことが、よりよき展開のしかたを考えるということである。そして以上の議論からも想像できるように、結局は「展開」というもの、やはり作家の自由なのだという結論になってしまう。それがよりよき展開であるかどうかは読者の判断に委ねられてしまうのだから、作家たるもの自らがよいと思った通りに書くしかない。尚、繰り返し申しあげておくが、これはあくまで文学性を重視した作品における展開だけを念頭に置いて述べている。難しく考えればいくらでも難しくなる問題だし、逆にエンタメ志向の人のために、文章作法として基本的なことだけを書くこともできるだろうが、ある程度の修練を経た文学を目ざす作家にはこれだけで納得していただかねばなりません。

会話

創作において、手抜きの一手段に会話が使われるのは悲しむべきことだ。主にエンタメ系の作家に多いのだが、描写や展開が面倒なのですべて会話で片づけようとするなどのことである。多いのは、面倒なので省略してしまった部分を「実はこんなことがあって」などと会話でもって補塡しようというものだ。こういうことをする作家にも言い分はある。会話だと読みやすいので読者が喜ぶからというものである。たしかに会話は日常用語ばかりで進展するから読みやすいだろう。しかしそれ以上に作家は小説的な文章を考えなくていいから楽なのだ。だがそれでは読者が小説を真に楽しむことはできない筈だ。文学性が犠牲になってしまうからなどという以前に、本当に小説らしい小説を読みたいと思っている読者ならば、会話の連続でページの下半分が真っ白、などというシロモノは読む気になるまい。

現実の会話の殆どが、もはやキャッチボールでなくなっているというのは、よく言われることだ。一方的に喋る者や、黙って聞く者や、ろくな返事をしない者や、自分のことばかりを交互に喋っているだけの会話が、現実にはなんと多いことか。これをそのまま小説に書いて現実におけるコミュニケーションの不毛を表現した作品もあるくらいだ。しかしたいていの小説における会話は、現実の会話よりもずっと面白くなっている。

これと逆に、会話文が下手糞《へたくそ》な純文学系の作家もいる。地の文はすばらしいのだが、会話になると当然のことながら日常的な文章になり、その作家の文体の特徴がすべて失われて、お座なりのように見えてしまう。これはその作家にもともと会話文の技術がなく、会話で人物の描き分けができないからだ。出身や年齢、性別や身分などで、いくらでも描き分けはできる筈なのだから、こういう人は戯曲やシナリオの勉強をしていなかったのだと思う。

作者の主張や見解を述べたい時、ふたりの人物を登場させて議論させることがある。この時、二人の人物が共に作者の代弁者であってはならない。あるひとつの主張や見解を、ふたりの人物に分担させて述べているに過ぎないからである。それならすべて地の文で書けばよさそうなものだが、ここでもやはり作者ができるだけ楽に書ける「会話」という方法を選んでいるわけなので、一種の手抜きであろう。時には一方の人物が相づちを打つだけなどというのもある。行数稼ぎと思われてもしかたがない。

会話で迫力を生むのはやはり対立であろうか。二人、または三人、または四人と、人数は何人でもよいが、価値観の異なる人間が対立する図式は実にまことに小説的である。対立でなく、説得であってもいいし、交渉であってもいい。表面的には日常的な挨拶の裏にも対立があったり、恋愛の睦言《むつごと》の裏にも説得や交渉があったりする。とにかく会話は個性の異る人物によってなされなければならないだろう。

男が女を説得しようとしている会話で優れているのは、またしてもヘミングウェイで申し訳ないが、短篇「白象のような山」だ。エブロ河畔の接続駅で交される男女の会話は、何が会話されているのかよくわからぬ会話が続き、まるでクイズみたいな小説だとよく評される短篇だが、よく読めば男が女に堕胎を迫っていて、それも女が納得した上での堕胎を望んでいるらしいことがわかってくる。男はどうやら生まれてくる赤ん坊を恐れているらしく、いつまでもねちねちと説得し続ける。

「だがね」男は言った。「気が進まないなら、しなくてもいいぜ。気が進まないのに、君にやらせようとは、思わんから。しかし、とても簡単だってことは、ぼくはよく知ってるんだ」

「で、あなたはほんとうにそうなさりたいの」

「それが最善の手段だと思うね。だが、君がほんとうにしたくないなら、してもらいたくないな」

「で、もし私がしたら、あなたは幸福になって、万事が昔のようになって、私を愛してくださるのね」

「いまだって愛してるさ。ぼくが愛してるのは、わかってるね」　（滝川元男・訳）

こんな会話がさらに続き、しまいに女は話をやめてくれと言うが、男はやめず、ついに女が「わめくわよ」と言う。ものうい熱気の中のこの会話は読者をひどく苛立たせる。しかしこの文学的不快さにつながる読者の苛立ちをこそ作者は望んでいるのだろう。

会話が凄いのは夏目漱石「明暗」であろうか。一見それは日常用語の会話であるようだが、裏に壮絶な対立を秘めている。現代の読者の目からはやや古めかしい言葉だから、ちょっと違和感があるかもしれないものの、当時としては当り前の言葉だ。その当り前の言葉による会話の凄味を増しているのが地の文である。この場合は会話の読みやすさとは逆の難解さでその単純さを補うかのように地の文は文学的、というよりは心理小説的、といった方がいいような文章によって、言語や行為の裏を読んでいる。それによって会話までが凄味を増す。会話というものはすべからくこうあらねばならぬと思わせると同時に、会話を引き立たせる地の文がいかに大切かを教えてもくれるのだ。「明暗」は未完の作品だが、それでも通常の長篇の長さはあり、とにかく未完でありながら名作と呼ばれているほどの卓越した作品だからどこでも手に入る。未読の人は是非読んでほしい。

会話だけの小説もある。これは描写の必要がない作品に限られよう。むろん手抜きの手段というのは論外だ。会話だけでテーマを語り尽す技法を心得ていなければならない。例えば対話の相手がすべて異る場合に、相手の人物の描写や背景の描写がテーマとは関係がなければいちいち書く必要はなく、それらはすべて相手の言葉遣いやその内容で暗示することが可能だからである。さらに語り手の不在は例えば読者の想像や解釈を促したり、例えば無機的な乾いた効果を生んだりもする。さらにはマヌエル・プイグ「リタ・ヘイワースの背信」のように、読者に読解の過剰な負担を強いるようなものもある。

「リタ・ヘイワースの背信」の約三分の二は会話、または独白だ。のっけから会話で始まるこの作品は、会話の相手が二転三転し、今喋っているのが誰で相手が誰なのかを読者は判断し続けなければならない。ビオレータ、クララ、おばあちゃん、おじいちゃん、お父さん、ママ、いったい誰が話しているのか、誰に話しているのか、漫然と読んでいるとわからなくなってしまう。第二章になっても場所が変わっただけで、女中たち、子守り、旦那さま、あいかわらず誰が誰に言っているのかよくわからない。第三章になると、それまで赤ん坊で、やっと六歳になったトートの独白となり、どうやら主人公がこのトートらしいとわかってくる。第四章はチョリとミタの会話なのだが、ミタの言葉はただ棒線で記されるだけ。書かれているのはチョリの言葉だけなのである。

なぜこんなわかりにくい書きかたをするのか。表題からもわかるように、プイグは映画に傾倒し、一時は映画産業に助監督として携わるなどの体験をしてシナリオを書いたりしたものの、それまでアメリカ映画の影響下にあってそこから脱しきれないシナリオばかり書いていたためうまくいかず、映画産業の現場にも幻滅していた。そこで彼は母国語で独自のシナリオを書こうと考えたのだが、彼にとってスペイン語で文章を綴るのはたいへん難しいことだった。考えた末に、彼は叔母さんのおしゃべりの声を思い出しながら書いてみることにした。そしてプイグは、「はなしことばがなんとか自分で処理できる材料であることに気がついた」（訳及び解説・内田吉彦）。

これに似た話はよくあるので、例えばそれまでシナリオライターをしていた作家が、シナリオでは自分の書きたいことが書けず、収入が少ないこともあって小説家に転身しようとする。だが地の文がうまく書けないものだから得意の会話だけで話を進展させようとする。しかし前述したようにこういうものは文壇において、ともすれば手抜きと判断されてしまう。そうしたシナリオライターあがりの小説家志望者とプイグの大きな違いは、自分の書いたリアルな話し言葉がシナリオではなく文学であると気づいたことだ。彼は会話や独白の数を増やしていき、それらを読者が自由に解釈することによって結論を出すという前衛的な文学性を獲得し、ついに「反文学」「反小説」の旗手となったのである。

こうなった基盤としては、無論映画で培われた会話の技術もあるだろう。何よりも、自分がよく知っている叔母さんの話し言葉のリアルさから敷衍した、あらゆる階層、あらゆる男女のリアルな話し言葉が書ける技術が大きい。そのリアルな話し言葉によって、映画の大衆性を高度な文学性へと導いたのであった。会話体の極北ともいえるこの作品に、作家志望者ならぜひ一度は挑戦してほしいものである。あの村上春樹もこのプイグを、「リタ・ヘイワースの背信」におけるハリウッド映画の科白《せりふ》と同質の形而上的な言語感覚に共感したと言っております。

語尾

新人ならともかく、年季の入ったプロの作家でも語尾に悩むことがある。例えば「であった」「である」「なのだ」「なのだった」「た」「だ」などのどれにしようかと悩み、語尾を書いては消し書いては消す。そのうちにわけがわからなくなり、その語尾を使うことにはそもそもどんな意味があるのか判断ができなくなってしまうというものである。これはどんな作家でも大いに悩んだ方がいい。悩んだ末に悟りの境地があります。

何度も同じ語尾ばかりを続けるのはよくないという文章作法がある。それをなくすには音読すればよいとか、文章のリズムを考えよとか、いろいろに言われているが、語尾の重複を気にしながら長年書いているうちには、音読せずともしぜんに語尾の変化や文章のリズムも体得できるようになる。はばかりながら、という但しつきだが、このエッセイの始めの方から語尾をご確認いただきたい。連続二回以上同じ語尾を使っている例はほとんどない筈だ。小生もまた語尾に悩んだ末、訓練の賜物であろうが、ほとんど無意識的に語尾の重複をなくすことができるようになった。この文章は創作ではなくエッセイだが、けんめいに何かを伝えようとすれば語尾の重複はしぜんになくなるもののようだ。たまに語尾が重複していると、何かがちかちかと警戒信号を発して、見ると同じ語尾が三つ続いている。これはやはり同じ語尾の連続はよくないという作法を、今ではどうでもよいことだと思っていながら、いつまでも頭のどこかで記憶しているからだろう。

ひとつの例を設定して、語尾を考えてみよう。こんなのはどうだろうか。

健二は虚脱した表情で家に帰ってきた。彼は落第したのであった。
健二は虚脱した表情で家に帰ってきた。彼は落第したのである。
健二は虚脱した表情で家に帰ってきた。落第したのだ。
健二は虚脱した表情で家に帰ってきた。彼は落第したのだった。
健二は虚脱した表情で家に帰ってきた。彼は落第した。
健二は虚脱した表情で家に帰ってきた。落第だ。

さまざまなことが考えられる。落第するのが当然であった場合。落第するのが意外であった場合。どちらであってもおかしくないという場合。さらにはそう思ったのが第三者である登場人物なのか、語り手なのか、神の視点を持つ作者なのか、またはそう思っているであろう読者なのか。だが、小説を書きつづけている作家にとってこういう面倒なことをいちいち考えてはいられない。先へ書き進めなければならないからである。そこで、それとてたいしたことではないのだが前後の文の語尾と何回もの重複をくり返してさえいなければ、これはもうどれでもよいのだと判断するしかない。そしてこれは、語尾の変化に対する小生の結論でもある。

泉鏡花は「私は『だ』よりも『である』の方がいいように思います。『だ』は読者に対して失礼です」と言っている。一方で三田誠広などは「『である』などと書くのは偉そうだ」と言っている。どちらがいいのかさっぱりわからない。この辺、プロの作家でも迷ってしまうところである。そして小生はこれに関しても、現代ではもはやどちらでもよいという結論に達しているのだ。その作家の読者に対する姿勢は文章全体で判断されるべきだからである。

通常「た」は過去形、「る」は現在形とされているが、これにも英語のような規則性はない。小説を過去形で書き出したから「る」はいけないのだと思い、「た」を続けると今度は「同じ語尾が続いてはいけない」という小説作法に抵触するのが気になってくる。ではこのような例はどうだろう。

彼は路地を奥の方へ進んで行った。塀があった。行き止りだった。彼は周囲を見まわした。通り過ぎたばかりの二軒うしろの家の前に見覚えのある自転車が置いてあった。静子が乗っていた青い自転車だった。ひどく汚れていた。

いくら何でも「た」が続き過ぎだと思う読者もいようが、別に気にならないという読者もいよう。なぜならこの文章には主人公である「彼」の感情がいっさい書かれていず、とんとんとストーリイが進行しているからであり、余計な内面描写が嫌いで早く筋を追いたい読者にとっては気持がいいからだ。気になる、という読者のためには「通り過ぎたばかりの二軒うしろの家の前に見覚えのある自転車が置いてあった」の語尾を

「置いてある」にすればすむ。それを殊更同じ語尾にするのは、現在形を避けて、乾いた過去形にするためだ。「置いてある」という現在形にすれば語り手の視点がここにあるぞと読者の注意を促すことになる。つまり一種の三人称多元描写だ。どちらがいいかの判断は小説全体の描写にかかわってくる問題で、どちらにもそれなりの効果があるとしか言いようがない。早く言うならこれも小生、どちらでもいいと思っている。

「た」の過去形、「る」の現在形の使用頻度までこまごまと書いている作法本もある。過去形が四、現在形が一くらいであれば読みやすいだの、動きを過去形に、状態を現在形にすればいいだのといったものだが、これもどうでもよろしい。だいたい「た」だから過去形だというのもおかしいので、この語尾は完了も表しているのだから。

これは翻訳された文体、ということになるが、ハードボイルド系統の作品の文体を見てみよう。ヘミングウェイでもよいし、ハメット、チャンドラー、ロス・マクドナルドといったハードボイルド三大巨匠のどの作品でもよい。なんと「た」の語尾の多いことだろう。乾いた文体であり、非情さも漂っている。それでも同じ語尾であることがほとんど気にならないのは、いろいろな工夫がなされているからだ。そこで、ハードボイルドの傑作で四度も映画化されているジェームス・M・ケイン「郵便配達はいつも二度ベルを鳴らす」を、わが敬愛する田中小実昌の名訳で読んでみる。

正午《ひる》ごろ、おれは干草をつんだトラックからほうりだされた。前の夜、国境で、おれはトラックにとびのり、キャンバス地の幌のなかにもぐりこむと、すぐ眠った。メキシコのティファナに三週間いたあとで、たっぷり眠る必要があったのだ。エンジンを冷やすため、トラックが道の片側によせてとまったときも、まだ、おれは眠っていた。片足がつきでてるのを、トラックのやつらは見つけて、おれをほうりだしたのだ。おれはやつらをわらわせて、もっと先までのっけてもらおうとしたが、やつらはしらん顔でとりあわず、せっかくのギャグもだめだった。それでも、やつらはタバコを一本くれた。おれは、なにか食べものにありつけないか、道をテクっていった。

「た」が六回、「だ」が二回出てくる。語尾の変化には極めて乏しく、通常の作法からは外れていると言っていい。だが、そこでこんな工夫がなされている。

そんなことをやってるときに、このツィン・オークス・タヴァーン（二本樫亭）が目についた。ただの道ばたのサンドイッチ屋だ。こんなのは、カリフォルニアじゅう、どこにでもある。食堂と、その奥が店の者がすんでる住居。よこにガソリンスタンドがあり、うしろのほうに、店の者はモーテルとよんでいる小屋みたいなのが六棟。おれはいそいで店にはいり、道路のほうを見だした。

「こんなのは、カリフォルニアじゅう、どこにでもある」という主人公のあまり感情が籠らぬ独白と、「住居」「六棟」という体言止めだ。語尾の変化があり、いずれも全体の乾いた文体を妨げるものではない。そしてこのあとはすぐ、出てきたギリシア人の主人との会話になる。ハードボイルドでは会話が多いので、「た」の多用も気にならない。この作品でも会話が多用される。どうしても語尾が気になるという人はこうしたことを参考にしていただきたい。

童話やエッセイで使われることの多い、そしてこのエッセイでも何度か使って読者あるいは筆者自身の気分を変えようとしてもいる「ですます調」だが、三人称の小説で語り手が「ですます調」をごっちゃに使うのは、ふざけている場合を除いてやめた方がいいだろう。語り手が主人公である一人称なら、これはかまわない。主人公の気分次第だ。そして「ですます調」の主人公だった場合、現代ではそこに何らかの仕掛けが必要になってくるのではないだろうか。

「ですます調」で思い出す作家といえば宮沢賢治と太宰治である。宮沢賢治はそもそもが童話という触込みだから除外するとして、太宰の「ですます調」には定評がある。「ヴィヨンの妻」などは実に色気のある語り手であり女主人公で、「ですます調」であるにもかかわらず、ぐうたら文士を夫にした妻の、度胸のあるどっしりとした風情が過不足なく描かれていてすばらしい。

だいたいこの「ですます調」というのは、主人公または語り手がやさしい丁寧な人であるかのように読者に思わせるのだが、そこが曲者である。前記の妻というのは太宰の妻だった「さっちゃん」のことだと言われているが、実は女傑なのだ。現代における仕掛けというのはだから、読者を安心させておいて、例えば殺人鬼であった、などの意外な語り手または主人公であることで驚かせるひとつの手段であろうか。

どこでどのような語尾にするか、これは作者が作品全体から判断して決めるべきことだし、作法本の通りにすればよいというものではない。語尾に悩むくらいならむしろ「心地よいいいい加減さ」のため、小説においては語尾などいい加減であった方がよい、ということになろうか。

省略

小説は、詩歌などと同じく省略の文学形式である。時間の省略形式としては映画、漫画などと同じだろう。では、そこに約束事と技法が存在するかと言えば、そんなものは何もないのだ。しかしこの省略が単なる省略に終らず、ある感動を与えることが多い以上は、省略について考えるということがプロの作家にとっては欠かせない。とはいうものの従来の小説において如何に省略がなされているかについて考え、それに疑問を抱き、従来の省略のしかたを無視して、またはそれに反して書こうとまでするのは、今までの小説に飽き足らなくなった作家のやる冒険であり実験だから、これに関して書くのは少し先送りしなければなるまい。

映画における省略、という話から入った方がわかりやすいと思う。大江健三郎は映画が嫌いで滅多に見ないそうだ。対談で聞いたことだが、昔、彼は映画「若草物語」を見た。おそらくマーヴィン・ルロイ監督の一九四九年版であったのだろう。ご存知四人姉妹の話だ。末娘のベスが危篤に陥る。やや持ち直したかのような描写があり、ひと安心と思いきや、次のカットで次女ジョーが登場し、モノローグとなる。「ベスが死んで一年経ちました」大江氏はあっと驚いたらしい、映画とは何と残酷なことをするのか。

しかしこういう衝撃的な効果を与える省略は、小説ではお馴染のものだ。大江氏の驚きはそれがなまなましい映像であったがゆえなのだろう。実際にもこれと同じ効果を狙った小説では、映画にも造詣が深い金井美恵子の「恋愛太平記」がある。ここでは父親の死が直接には描かれず、突然三回忌の場面となって表現されるのである。

それにしても小説における省略とはなんといい加減なものだろう。主語が省かれるのは常だし、場面が「学校」とか「帰り道」とかだけ書かれて背景も風景描写もすっとばされることがある。話している相手の年齢も風貌も服装も省略され、時には性別すらわからないことさえあるのだ。ところが小説というジャンルでは強ちこれらをいけないとは言えないのである。こうした省略の中には一定の効果を持つものもあるから、それらはそれぞれのジャンルにおけるそれぞれの作品全体に奉仕するものでなければならないだろう。そもそもが省略なくして小説は書けないわけなので、そう考えると省略のしかたに約束事があるのではなく、省略こそが小説の約束事なのだ。尚、外山滋比古に「省略の文学」という著書がありますが、これは俳句のことなのでなんの参考にもなりません。

小説において最も特徴的なのは、最初に述べたような時間の省略だ。この時間の省略は作品によっても、また作家によっても、まことに恣意的に行われる。確かに約束事めいたものは存在し、それは例えば大きく時間が経過した場合は章立てを替えるとか、短い時間経過は改行するなどのことだ。しかしこれだってどうでもいいことであり、章立てを替えていながら前章の続きを書いている長篇はいくらでもあるし、小生などはふざけて同じ段落の中で「五年が経過し」などとやったりもする。

作家によっては、自分の嫌う場面や書くのが面倒な出来事を省いたりもする。これは時には小説としての結構に害を及ぼすこともあるから気をつけるべきだろう。どうしても書かねばならぬことは書くべきだし、不得手なことを毎度省略してそのままにしておいてはいけない。工夫して一応はうまく書けるようにし、書けるんだけど書かないという姿勢で省略を行うべきだ。そうするうちには省略のコツがわかってきて、いい形容を思いついた部分はあえて省略せずに生かして、より文学的にし、それによって逆に美的な省略法を思いついたりすることもある。

文学者肌の作家には、斬り合う場面や乱闘シーンなどの修羅場を嫌う人が多い。チャンバラ物ではないのだから、活劇ではないのだから、何よりもそれは文学的でなければならないからという理由で、後述法を借りてきたりしてこういう場面を省略する。その省略がスマートで美的ならこれは勿論かまわない。映画で言うなら山中貞雄や伊丹万作がチャンバラ・シーンを嫌ったようなもので、この監督たちは実にスマートに省略している。多勢を相手に「表へ出ろ」と侍が立ちあがると、わっと全員が表に走り出て、ワイプした次のシーンでは大勢が道路に転がっている。全部やっつけたわけだが、こんなユーモアのある省略は小説だとなかなか難しい。

逆に、省略のない小説がいかに読者に労力を強いるかを考えれば、現代小説における省略の重要性が理解できるというものだ。自然主義リアリズムの古典に頻出する何ページにも及ぶ情景描写などは、現代の読者には耐えられない。省略しないことで有名なサルトルの小説は持続的リアリズムへの情熱からだと言われているが、たった十分間の会話を細大洩らさず書くなど、読者に与える苦痛は甚だしいものがある。

逆にこうした「省略をしない」という手法を徹底させる実験もあり、本来なら「実験」の章で書くべきだが、「実験」は書くことが多いので省略に関してのみここに書く。小説を読み、なぜ主人公が食事している場面をすべて省略するのか、なぜ主人公が家庭と職場を往復する出勤退勤の描写がないのか、なぜ主人公が排泄している描写がないのか、なぜ主人公が寝ている時間を省略するのか、小説内に流れる時間というものを考えた時、通常は考えることもないこんな疑問が次つぎに浮かびあがってくる。これらの省略にはそれぞれ理由があって、曰く日常のことであるからそれをいちいち書くのは読者にとって退屈である、または美的ではない、または非文学的であり面白くない等などである。では、そうしたことを読者に退屈させず、美的に、文学的に面白く書けばよいのではないだろうか。そう考えた小生、これらすべてを「虚人たち」という長篇で実験的にではあるが実行した。主人公の食事を詳細に書き、主人公が移動中の描写をし、主人公が排泄中の場面を書き、そして主人公が寝ている時間、または気を失っている時間は原稿用紙一枚を一分に勘定して数ページ分を白紙にした。つまり小説内の時間すべてを原稿用紙一枚につき一分と定めて、まったく省略なしの小説としたのである。

　この小説が評価されたのは、そうした実験によるものか、その実験の結果作品自体が面白くなったためなのか、小生にはどちらとも判断できないのであるが、とにかく泉鏡花文学賞を受賞した。恐らくはその実験性が認められてのことだと思うから、科学の実験とは違い、文学では実験そのものに価値が認められることが証明できたのではないだろうか。小説とは何とありがたいものであろう。実験の効果があったか否かにかかわらず、実験そのものに対して原稿料が支払われ、文学賞がいただけるのである。芸術以外の職業では考えられないことだ。

　省略そのものが与える面白さや感動などに関して、もう少し書いておこう。ストックトンという作家の書いた「女か虎か」という謎などめいた小説があり、これはリドル・ストーリイと呼ばれている。結末が書かれていなくて、右の扉か左の扉かを選ぶことになった主人公が開けた扉から出てきたのは美女か虎かという判断を読者がしなければならない。つまり結末部分の省略である。この作品は評判を呼び、さまざまな作家がこの結末部分を書いたものだった。中には左側の扉の右側と右側の扉の左側で作った三角形の空間の中に主人公が隠れてしまい、美女と虎に鉢あわせをさせるという残酷な、凄いものまである。

このような省略された結末の文学的なものはオープン・エンディングと呼ばれている。毎度登場していただいて申し訳ないがヘミングウェイの短篇などは結末といわず途中でも省略が多く、前記「白象のような山」でもそうだが、読者に想像させ考えさせる部分ばかりである。

結末がオープン・エンディングになっているのは「殺人者」であろう。ザ・キラーズという原題の極めて短いこの短篇は、なぜその男が殺されなければならないのかを読者に考えさせ、最初一九四六年に映画化された時は最初の十分ほどが原作に沿っているだけで、あとは殺されてしまった男の悲しい生きざまが描かれている。原作にない部分がほとんどのこの映画、フィルム・ノワールの傑作とされたが、これこそがオープン・エンディングであることの功績だったのだろう。そしてこの小説、一九六四年にも別の切り口で再映画化され、これもまた傑作とされた。現代ではこうした結末部分の省略が多く行われていて、それはモダニズムであるとされているが、ヘミングウェイはそうしたモダニズムの手法をいち早く短篇に取り入れていたのだった。これが決して手抜きでなかった証拠は、彼の長篇の丹念な描写、読者に感情移入させずにはおかない長い独白などを読めばすぐに見出せよう。

こうした省略技法、古いタイプの批評家には理解できないらしくて、モダニズムの作家・小林恭二の作品も「手抜き小説」の汚名を着せられている。また結末の省略は娯楽小説にまで及んでいて、五味康祐の「柳生連也斎」では決闘した二人の武士のいったいどちらが勝ったのか不明のままで終らせてしまったため、読者の大騒ぎを招いたりもした。

ああ、小説とはなんと自由なものであろうか。特に「省略」こそは、小説がその自由を謳歌できるための最たる技法ではないだろうか。このような素晴らしい芸術ジャンルを選んだわれわれは大いに喜び、その幸せを嚙みしめなければならないだろう。「小説を書くのが嫌で嫌で」などと言っている中原昌也など、いまに罰が当りますぞ。

遅延

省略しないというのは遅延の一方法ではあるのだが、本来の「遅延」という創作の技法は、別に「妨害」という言いかたもあるように、例えば読者の頭に何らかの疑問を抱かせた上で、その答えを遅らせるなど、関心を惹きつけておこうとする手段である。あるいはまた「だれ場」と呼ばれている技法もある。これはクライマックス寸前に、読者にとってはどうでもいいと思えるような文章を書き連ねて苛立たせ気味にしておき、カタルシスへと導く手段である。前者は主にミステリー効果のため、後者は主にサスペンス効果のためだから、ともすればこれらはエンターテインメントの技術とされ、軽く見られ勝ちなのだがさにあらず。いろんな作家が文学作品に応用して文学的効果をあげているのだ。

川端康成「片腕」では、「片腕を一晩お貸ししてもいいわ」と美しい娘に言われ、右腕を借りた男がそれを雨外套の中に隠して家に戻る途中、近くの店から聞えてくる天気予報に耳をすます遅延部分がある。これがなぜ遅延かというと、読者は男が家に帰ってからその借りた片腕にどんな振舞いを見せるのかと興味津津だからである。ところがこのラジオの天気予報というのがえんえんと続き、男はずっと店の前に立ち止まっているのだ。とは言うもののこの天気予報、突拍子もなくシュールな天気予報であって、新感覚派の面目躍如たるものがある。その意味では遅延をあまり感じさせず、文学的効果も充分だ。

小生実はこの効果を自分の作品で応用している。「虚人たち」で主人公がカーラジオを聞く場面だ。天気予報ではなく漫才である。「寒いな」「寒いなあ」「えげつない寒さやな」「厳しい寒さやねえ」「あんまり寒いから泥棒でもしょうか」「何ちうこと言うねん。なんぼ寒いからいうて泥棒なんかしたらあかん」「そうか。そんならやっぱり暑い時に泥棒しょうか」こういうのがえんえんと続くのである。ただしこれは遅延の効果を狙ったのではなく、時間の省略をしないという実験の一環だ。

長篇小説において遅延という技法は大切である。エンタメ系の新人に多いのは、とにかく読者を飽きさせまいとして次から次から過激な展開を重ねていくというもの。これではそうした展開に慣れてきた読者をかえって退屈させてしまう。時にはながながと主人公の繰り言を入れたり、相手が今までいかにいやな奴であったかをえんえん述べたりすると、主人公やその相手がどんな人物であるかがわかり、次の展開への期待をいだかせることができる。その他いろんな技法があるものの、ただしそれとて作者自身が書きたいことでなくてはならず、だれ場だからといって書きたくもないことで無理やり枚数稼ぎをしてはならない。小説家たるもの、だれ場とは言え、遅延の効果は充分に心得ていなければならないだろう。そしてまた、出来得ればこれは遅延の効果を狙っているのだなと読者に感じさせない面白さを持つ文章であるに越したことはない。

デイヴィッド・ロッジはその著書「小説の技巧」の「サスペンス」という章で、トマス・ハーディの「青い眼」という長篇の一節を紹介している。エルフリードは彼女に求婚しているナイトという男性と一緒に岩山の頂上に行く。風が吹き、ナイトの帽子が飛ばされて、取ろうとしたナイトは崖から落ちそうになるが、辛うじて急斜面にへばりつく。エルフリードはいなくなる。どうやら助けを求めに行ったらしいのだが、その場所は人里から何マイルも離れているのだ。

サスペンス映画と同様、通常なら崖から落ちそうなナイトと、助けを求めて駈けているエルフリードが時間の流れに沿って交互に描写されるべきなのだが、ハーディはそうしない。この男はどうやって助かるのかという読者への答えを遅らせ、ひたすら落ちかけているナイトの視点による描写によって、えんえん数ページにわたって死に直面しているナイトの哲学的思索が展開されるのだ。

助けに行った人物の様子は書かず、ひたすら助けを待っている人物の視点からのみ書くことは、大変なサスペンス効果を齎す。遅延の意図ではないものの、小生も「魚」という短篇でこの技法を使っている。この場合、増水した川の中州に取り残されるのは両親であり、一家が宿泊している観光ホテルへ助けを呼びに行くのは小学生の息子だ。息子の描写はせず、次第に増えてくる水と、その川にいる人を襲う魚に取り囲まれた両親の描写のみで終始したのである。

プルーストの「失われた時を求めて」は、最初のうち二巻か三巻で終わる予定だったと言われている。それがあのように長大な作品となった理由のひとつは、作者の大幅な加筆修正癖のためらしい。主語から何かのイメージを触発されるとそのすべてを書こうとして修飾語が増え、長文になってしまう。だから述語による結びの言葉に至るまで、読者の引き延ばされた期待は宙づりにされたままだ。一見、冒険小説などの技法に似ているが、さにあらず。加筆修正のためだったのだ。小生この作品は第五篇「囚われの女I」まで読んで挫折したが、プルーストの伝記によって彼の加筆修正癖を知ったためでもある。九冊目まで、よくまあ読んだものだ。歳をとってから全集などに収録するため昔の作品に手を入れはじめると、作家によってはこういうことになるらしい。いくら書きたいことだからといって、ここまでやるのはいささかやり過ぎだろう。だから小生はいくら書き足したくなっても、自分の昔の作品には手を入れないことにしている。

シリーズの一巻、本一冊まるごと、ほとんど遅延という珍しい例がある。谷川流「涼宮ハルヒの消失」である。涼宮ハルヒ・シリーズはライトノベルとされているが、SF的首尾結構は整っているし、センス・オブ・ワンダーにもSF的合理主義精神にも欠けるところはない。さらにシリーズ第四巻「消失」においては、消失したヒロインがどんな人物なのかは前三作品を読んでいないとよくわからないところからも、この作品が優れたメタフィクションであると言えるのだ。

この小説では、ヒロインが最初のプロローグに登場しただけで、第一章で突然消失してしまう。理由もわからなければ、語り手の主人公以外は誰も消失したヒロインのことを記憶していないという謎もある。そしてヒロインが消失したまま、つまりその理由は何か、いつヒロインが戻ってくるのかという謎と期待を読者に抱かせたままの遅延が、えんえんと最終章の中ほどまで続くのだ。この作品は文芸誌編集者の間でも評判がよく、シリーズ中一番の出来だと言われている。小生はこの作品に限らずシリーズ全体からライトノベルに対する姿勢が変わり、ついに自分でも「ビアンカ・オーバースタディ」なる作品を書いてしまったほどだ。

蛇足だが、「ハルキとハルヒ―村上春樹と涼宮ハルヒを解読する―」という著書の中で土居豊は「筒井康隆の作品が、谷川流の作品にどのように影響を与えているかは、今後の研究課題」と書いているが、申しあげた通り、影響を受けたのはこっちなのである。尚、土居氏は小生が認めたのは映画「涼宮ハルヒの消失」と言っているが、小生あいにく映画の方は見ていない。

この遅延という技法を最初、しかも徹底的にやったのが十八世紀中ごろに書かれたローレンス・スターンの「トリストラム・シャンディ」である。作者のお喋りがえんえんと続いて話そのものがなかなか始まらない上に、一巻目、二巻目と読んでいっても主人公のトリストラム・シャンディが生まれてこないのだ。これによって読者は、小説というのは必ずしもストーリイの面白さではなく、語りの面白さだと悟ったりもする。実際にもこの小説、最初に第一巻と第二巻が発売された時には大評判になっている。

多くの小説に見られるこの「遅延」または「妨害」という技法を見出し、そう名づけたのはロシア・フォルマリズムという文芸評論の一派なのだが、これについては小生、「文学部唯野教授」の第三講「ロシア・フォルマリズム」で詳しく書いているのでここでは割愛しよう。また、このロシア・フォルマリズムの提唱した「異化」という概念もよく知られているが、それは「異化」の項目で述べることにする。

実験

実験小説というのはもともとエミール・ゾラが提唱した、実証的な自然科学の方法で小説を書こうというものだった。例えば貧民階級に生まれた女性がその環境によってどんな人物になるかを科学的実証精神で書いていくというような小説だ。これは長篇「居酒屋」や「ナナ」で社会現象になるほどの大成功を収めたのだったが、内容はあくまで自然主義リアリズムで書かれている。だから広義の実験小説とは言えるかもしれないのだが、現在の文学的実験とはまったく別のものだ。現代で実験小説といえば、文体だの語りだのを新しく組み換えて現実を再現しようというもので、それによって読者の現実認識を改めさせようという狙いを持つものでなければならないだろう。

その後いろいろな文学的実験が行われるようになった。特に映画の発明によってその影響を受けたモンタージュ形式の作品が多く書かれ、こういうものは誰かがやり出すとたちまち他の作家が真似をするので誰が最初とは言いにくいのだが、代表的なのはジョン・ドス・パソスの「U・S・A」三部作であろうか。これは新聞記事、流行歌、カメラ・アイ、伝記などの形式で二十世紀初めのアメリカを眺望した実験的な作品である。その後「意識の流れ」の流行があったが、これは「意識」の項目で述べることにします。

ジョルジュ・ペレックの長篇「煙滅」の表題は「湮滅《いんめつ》」の間違いではない。この作品は「い段」のかなの「いきしちにひみりゐ」と、この音を含む漢字、数字、英字をまったく使わないで書かれているので表題も「い」の音を含む「湮滅」ではなく「煙滅」とされたのだ。ただしこれは翻訳文のことであり、原作は表題が「La Disparition」で、こちらは全篇「e」の字をまったく使わないで書かれている。フランス語でいちばんよく使われる「e」を使わずに長篇を書いてしまうなど、とても不可能と思われるのだが、ペレックはそれをやってしまった。さらに驚くべきは、翻訳不可能と思われたこの作品を塩塚秀一郎は、前記の課題を自らに課してみごとに成し遂げている。

こういうものをリポグラム、日本語では文字落しというのだが、この作品が翻訳されるだいぶ前に、フランスで「e」を使わない長篇が書かれたと聞き、小生はこれに挑戦するつもりで「残像に口紅を」という長篇を書いた。第一章は「あ」の文字落しで、「あ」や「あ」の音引き、つまり「麻雀」「拉麺《ラーメン》」「パーティ」なども使わず、第二章は「あ」に加えて「ぱ」の文字落しとなり、そのため「パン」がなくなる、という具合に、話が進むにつれどんどん使える音が減っていき、最後に「ん」だけが残るというもの。

こうした実験が文学に何を齎すのか、ただの遊戯に過ぎないのか、それは評論家や文学史家の判断に委ねるしかないのだが、作者にとって大いなる喜びが齎されたことは確かである。おそらくはペレックもそうであったろう。何よりも、音がなくなれば名詞にその音を含む事物や人物も消滅するわけなので、失われたものによって話がどう進展するかわからないというスリルがあり、異様な文章にならざるを得ないという一種の異化効果も生まれるのだ。そしてまた多くの文字の喪失を体験するうちに何やら悲しみの感情が文章に漂い出てくるに違いないという思いから、前記の表題をつけたのだったが、それは想像通りの、いや、それ以上のものがあった。批評家の中には、日本てんかん協会からの指弾をきっかけに、言葉狩りへの抗議を断筆という方法で表明していた小生の、文学的な告発であろうとする人もいたが、あいにく「残像に口紅を」を書いたのはてんかん協会からの指弾よりも前である。

これはむしろ、ペレックの作品について言えることだ。ユダヤ系ポーランド移民の子だったペレックは、父親が第二次大戦で戦死、そして母親はその二年後、おそらくはアウシュヴィッツで亡くなっている。「煙滅」の内容にも大量虐殺を思わせる部分があり、それを含む単語をなくせばフランス語の三分の二が消えるといわれている「e」の字のリポグラムはまさにホロコーストの象徴だとも批評されているのである。

しかし、上には上がいるものだ。ウォルター・アビッシュという作家の書いた「アルファベティカル・アフリカ」という作品。これは第一章がAで始まる単語だけで書かれている。こんな調子だ。

「A f r i c a　a g a i n : A l b e r t　a r r i v e s, a l i v e　a n d　a r g u i n g　a b o u t　A f r i c a n　a r t, a b o u t……」

そして第二章は、AとBで始まる単語だけで書かれ、第三章はAとBとCで始まる単語だけで書かれ、というように頭文字をひとつずつ増やしていって、Zまで来ると今度は逆にひとつずつ減らしていって、最後は頭文字Aだけの章で終わる。これはもはや人間業ではない。悪魔の仕業だ。これはいったい何の目的で書かれたのだろうか。作家自身の快楽のためかもしれないし、何か新たな文学的意味が発見できるだろうという期待からかもしれない。小生にはちょっと判断できないのだが、こういう小説の存在はなんとも勇気を与えてくれるものだ。

本棚に並ぶ本を眺めながら、なぜ本というのはこんな形をしているのだろう、もっと別の形があるのではないか、そんな思いに囚われた人もいるのではないだろうか。現在では電子書籍という、本の形をしていない書籍もあるから、そんなことを考える人は少なくなったかもしれない。小生は以前、カード書籍というものを考えたことがある。ばらばらのカードに物語の部分部分を印刷し、どのカードから読んでも、どんな順番で読んでもよいという書籍である。あまりの難しさに、とどのつまりは挫折したわけだが、しかし、それに近いことをフリオ・コルタサルはやってのけた。それが「石蹴り遊び」という長篇である。

百五十五章からなるこの作品、序文で二通りの読み方があることを教えられる。一つめは一章から順に読んで行き、五十六章まで読んだら、あとは読もうと読むまいと勝手、なんの未練もなく放り出してくれてもよいと書いてある。第二の読み方は、各章の末尾に記されている順序に従って読んでもらいたいと言うもので、一番最初は七十三章だというのである。混乱したり忘れたりした場合のために、次のように順番が書かれている。

73－1－2－116－3－84－4－……といった具合に。

なぜこんな書きかたをするのか。主人公のオリベイラは作家志望の学生で、一章から五十六章まではは彼の彷徨と魂の軌跡が描かれ、そのあとの九十九章分は「その他もろもろの側から」という断片だ。これらは作中人物である老作家モレリが書いた、本篇のどこかに挿入される筈でありながら、何かの理由で使われなかった創作ノートの一部であるらしいのだ。それらが本来挿入されるべきであった場所を、作者は指定しているのである。これらはいろいろな書物の引用や新聞記事の切抜きなどの資料であり、コルタサルはどうやらストーリイの点綴《てんてい》で小説のあらましを伝えておき、挿入する各章によって小説全体が異化されることを望んでいるようなのだ。さらにはそこから、第一の読み方でも第二の読み方でもなく、読者それぞれがさまざまな読み方をすることも可能なのだと示唆しているようにも感じられる。

小生はこの本を土岐恒二訳の集英社版「ラテンアメリカの文学」シリーズで読んだのだが、読みながら「これならなぜ最初からばらばらのカードにしなかったのだろう」という疑問が消えなかった。ところがある日、ひとりの編集者が「お土産です」と言ってくれたのが、どこで手に入れたのか、なんと「石蹴り遊び」を小生が夢見ていたのと同じ函《はこい》入りのカード本にしたものだったのである。原語だから内容は読めないものの、十数センチ角の函の中には二つ折りだったり一枚だけだったりする各章のカードが入っているではないか。あの時の驚きは忘れられない。今、確かめようとして書庫を探したのだが、どこにもなかったのは実に残念だ。そのうちどこかから出てくるだろうが。

小説の実験というのはたいてい、とんでもない発想から生まれるのだが、こんなものを書いても誰も読まないだろうとか、文学的価値がないだろうとか思ってすぐに断念したり忘却したりするのはよくないことだ。とにかく書いてみなければどんなものができるかわからないからこその実験ではないか。誰にも評価されなかったり、無残な失敗に終ったとしても、実験そのものには必ずや何らかの価値がある筈なのである。「石蹴り遊び」にしても、これによってラテンアメリカの小説は一挙に世界文学の最前線へ押し出されたと言う。

作中人物である老作家のモレリはある断片にこう書いている。「だらしのない、八方破れの、不適当な、細部に至るまで反小説の（反小説的なというのとは違うが）本文を誘い出し、引き受けること。〔……〕小説は閉ざされた秩序の中で満足している。それと決然と対抗して、ここでもまた開かれた小説を探求し、そのためには人物《カラクテール》と場面《シトゥアシオン》のあらゆる体系的構成を根こそぎにすること。方法は、アイロニー、絶えざる自己批判、不適合、誰のためにも奉仕しない想像力。〔……〕」

意識

「意識の流れ」という言葉は、作家ヘンリー・ジェイムズの兄で心理学者のウィリアム・ジェイムズが作ったとされている。心理学用語だったのだが、その後文芸批評家たちによって、意識の流れを文章で描こうとした現代文学のための用語となった。その最初の代表的な作家は「ユリシーズ」を書いたジェイムズ・ジョイスであると言われている。以下は「ユリシーズ」の主要人物の一人、スティーヴン・ディーダラスが遠浅の海岸を歩きながらさまざまなことを考える場面だ。

ざらめ状の砂粒はもう足もとから消えていた。彼の深靴は、また、ぐしゃりとつぶれる湿った帆柱や、マテ貝の貝殻や、きいきい軋る小石を踏んでいた。無数の小石の上に打ち寄せる、か。舟食い虫に食い荒らされた木片、藻屑と消えたスペイン無敵艦隊。きたならしい干潟が、踏みしめる靴底を吸いこもうと待ちかまえている、汚水の吐息を吹き上げながら。彼は用心して干潟をよけながら歩いた。黒ビールの瓶が固まりかけた砂のパン種に腰まで埋って突っ立っている。歩哨だ。恐ろしい渇きの島の。

（丸谷才一・永川玲二・高松雄一・訳）

ここではまだ「彼の」「彼は」などという語が出てくるから、作中人物の意識と語り手の語りが混然としたいわゆる自由間接文体である。かと思うと「無数の小石の上に打ち寄せる、か」などという、どっちつかずの文章も出てくる。つまり読者にとっては作者がいることを完全に忘れ去ることのできない文体なのだ。これがもう一人の主要人物レオポルド・ブルームの独白になると、何しろ女たちのことを考えながら手淫している場面なので完全に意識の流れを追って書かれることになる。

おれに好感を持ったかかな？　女たちは服装を見る。自分に気のある相手にはすぐに気づく。カラーとカフス。そうさ、雄鶏だってライオンだって飾りたてるんだから、牡鹿だって。しかしまたネクタイをはずしたりするのも悪くないのかも。ズボンは？　いっそすぐにぬいじゃったら？　いや。上品にやるんだ。ごり押しはいやがる。暗いところでキスして誰にも言わないで。

このあとすぐ「おお、彼がやった。彼女のなかへ。彼女がやった。終れり《ダン》。／ああ！」と、ブルームの射精が表現される。このあたりの、いくら下品にしてもそれは作者の下品さではなく、あくまで作中人物の意識を描写しているのだということが言える技法はまことに便利である。しかも自分の醜い意識をさらけ出している作中の人物に、読者はたやすく共感できるという利点もあるのだ。

ついでこの意識の流れをもっと意図的にやろうとしたのがヴァージニア・ウルフだったのだが、後期の「波」になってくると、これはもういけません。「ルイスは言う」、「ジニイは言う」などと書かれてはいるものの、それは実際の発語ではなく、実はすべて彼らの意識なのだ。ウルフは、物語を支配し、解説し、整理する語り手が介入してくることをまったく認めないのである。だから人物たちの意識の流れもただ見ること、聞くことという知覚だけで外界を認識していて、それだけでもって読者に小説の内容や人物の性格を理解させようというのだから、どだい無理な話だ。

「人々は通り過ぎる」、ルイスは言う。「この食堂の窓の外をひっきりなしに通り過ぎる。自動車、有蓋トラック、バス。また、バス、有蓋トラック、自動車——それらが窓の外を通り過ぎる。背後に店や家が見えるぞ。市の教会の灰色の尖塔も見えるな。前方には葡萄入りロールパンやハム・サンドイッチの皿をのせたガラス棚がある。すべては、茶沸かし器から立ちのぼる湯気で少しぼやけてみえる。食堂の真中には、牛肉や羊肉、ソーセージをきざみこんだつぶしじゃがいもの、肉臭い、蒸気臭い匂いが、濡れた網のようにたちこめている。僕はウースター・ソースの瓶に本をたてかけて、他の連中と同じように見せかけようとするのだ。〔……〕

（川本静子・訳）

どこにいて何をしているかは何とかわかるものの、あくまで見たものが中心に表現されているので、読者はこのようなわざとらしさにつきあってはいられないという気になってしまうのだ。そしてこれは、登場人物の意識の流れでありながらも、女流作家ヴァージニア・ウルフ自身の空想による意識の流れとも言えるわけなので、いきおい優雅さや格調の高さが透けて見えてしまって、本当にこれだけか、意識とはもっといやらしいものではないのかと思ったりもする。しかしそう言えば前記ブルームの手淫の意識にしても、気取った文体であり、優雅なリズムを保っているではないか。もっと真実に近い書きかたがある筈だ。

実はあるのだ。そのもっとも極端な例が、またしてもヘミングウェイで実に申し訳ないのだが、彼の「持つと持たぬと」には映画監督の妻のドロシィという女性がヨットのキャビンで、睡眠薬を服んでも眠れないものだから自慰をする場面がある。ヘミングウェイ、当世流行の意識の流れを素早く自作の中に取り入れたのであろう。

ああ、いいわ、やつちまおうか、もうどつちだつて同んなじよ。いけないいんだけどしようがないわよ。さつさとあれやつちまうより、しようがないじやないの、いけない、いけなくたつて、いけなくたつて、ああ、エディは素敵、ちがう、エディじやない、私が素敵なの、そうよ、あんたよ、あんたが可愛い、ああ、とつても可愛い、そう、とつても、よ。やりたかなかつたけど、でも、もう、もう、あれだもの、ああ素敵、エディ、いやエディじやない、エディなんか、ここにいないわ、私よ、これは。私はしよつ中ここにいて、どこにも行つちまえないのが私なの、そう、何だつても。あなた、可愛いひと。可愛いい、ほんとに、そうよ、可愛いい、ああ、ほんとに可愛いいひと。私があんたなの。そう、そこよ。そう、それよ。いいじやないの、何時だつても、ああ、すんじやつた、もうすんじやつたわ。いいわ、気になんかしない。どうだつていうのよ。気にさえならなきや、悪いことじやないの。

（佐伯彰一・訳）

ここでは愛する男と自分の同一視や、自己愛や、自慰へのためらいや罪悪感などが表現されていて、ヨットに乗って優雅に暮しながら、頽廃の中で無気力に生きている「持つ」者たちが描かれているのだ。これは実に現代的な手法だと、初めてこれを読んだ時、小生は感心した。その後「意識の流れ」を中間小説に取り入れようとして書いたのが「家族八景」を第一部とする七瀬三部作である。この時に苦労したのはやはり、どれだけ赤裸裸に人物の意識を描くかということだった。いくら登場人物の意識とは言え、それは作者の考えたことであることが読者にわかってもいるので、小説＝大衆文学として最低限の美学を維持し続けなければならないだろう。ここで救いだったのは、前記へミングウェイから教わった、いわゆる乾いた文体を使いこなせる技術だったのである。そしてその最良のお手本こそが、引用した「持つと持たぬと」の意識の流れの文体だった。

「意識の流れ」は今ではもう、やや古くさい前衛的手法とされている。しかしエンターテインメントの世界では、まだまだ効果的に使うことのできる技法であろう。前記「家族八景」では、なんといってもヒロインの七瀬がテレパスだったのだ。他人の心を読んだとして、それを文章にするにはもう「意識の流れ」しかないではないか。さらに新しい試みとして、感知する方にしてみれば実際にその通りのありさまであろうと思える、家族全員の意識の流れをごっちゃにして書くという技巧も使っている。また続篇の「七瀬ふたたび」では、数人の、または群衆の意識の流れを、どれが誰の意識かわからぬまま、ごっちゃにして描いていたりもする。おそらくはそのようであろうからだ。群衆描写には実に便利な手法とも言える。

特殊な環境、特殊な状況に置かれた人物の意識の流れを描写することは物語にとってたいへん効果的である。ＳＦであればテレパシーものには欠かせないし、通常の小説でも、死刑囚など死に直面している人物、パニックに陥っている人物などの描写などに適していよう。何よりもそれらは、サスペンス効果を盛りあげるための「遅延」の役割も果たすことになる。「意識の流れ」という技法、まだまだ捨てたものではないのだ。ただし「意識の流れ」を書く正当な理由というものが、当然のことながら現代の小説には必要だということも忘れてはなるまい。

スポーツ選手の、競技中の意識の流れを描くというのも作家にとっては魅力的な挑戦であろう。これが特殊な環境、特殊な状況であることは間違いのないところだ。安部公房の「時の崖」は落ち目のプロボクサーが主人公で、その試合までのことを一人称で語っているのだが、「意識の流れ」というほど脈絡のないものではなく、何が語られているかははっきりしている。しかし主人公の青年がノックダウンされる4ラウンドの二分十六秒以後がそれらしくなってくる。

……おや、どこかな？　おれ、ねむっていたのかな？　川の底にいるみたいだぞ。ほら、顔の上を、魚がおよいでいやがる……

フォア？　フォアだって？　……そんな小さな声で言ったって、分りゃしないよ

……じゃ、ダウンされたのかな？　……そうかもしれない……息が苦しいからな

……胸も悪くなってきた……分るぞ、これはマットの臭いだ……なあに、まだ平気さ……フォアなんだろ？　……平気だったら、あとまだ六秒もあるんじゃないか

……

そして青年は、そろそろ立ちあがってやろうか、もう少し休んでからにしようかと考えたり、なぜ青空が見えるのかと不思議がったり、起きてからどう戦うかを考えたりした末に、どうしても起きられなくなってしまう。

変だな……なんだか、自分が二人になったみたいだな……これでも、起きているんだろうか？　……リングは、どこに行ってしまったんだろう……うるさいなあ……うるさくって、何がなんだか、分らなくなってしまうじゃないか！

そしてこの短篇の最後はこう終る。

ああ、頭が痛くなってきたぞ！　ちくしょう、また二、三日、痛くてねむれないんだなあ……痛いな……破裂しそうだな……たのむよ、誰か、なんとかしてくれよ……

孤独なランキング・ボクサーの悲哀を描いて秀逸であり、モノローグなればこその効果だ。

競技中のスポーツ選手の意識の流れだけを書こうとすると、短篇でしか書けないのはしかたのないことだ。倉橋由美子の「一〇〇メートル」はオリンピックに出場するトップ・アスリートが優勝するまでを二人称で書いている。冒頭、ピストルが鳴ってから、主人公の回想となるのだ。

ピストルが鳴った、きみはとびだす、きみがとびだしたときピストルが鳴った……きみは走る脚でありふくらんだ肺であり熱い心臓だ。世界は消え、二本の白い直線ではさまれた一〇〇メートルがきみの未来だ。

オリンピックの開催国に来てからの青年の行動を、青年自身に語りかける形でのモノローグは新趣向であり斬新だ。無論ヴァージニア・ウルフも読んでいるであろう倉橋さんは彼女独自のモノローグの文体を作りたかったに違いない。

……いまきみは全力疾走している、きみのゴールは無限に遠く、きみの敵は数本の刀身のようにきらめきながらきみのうしろに流れる、もうだれもいない、きみは人間のいない世界へと走りでたのだ……

きみは勝った。きみは優勝した。キムもアルベレスもきみに負けた。これで死の顎からはいだすことができた、ときみはおもう。死から生へのこの気もちのわるい復帰、いや、その逆かもしれない。いずれにしてもそれには時間がいる。いまきみが飢えたように吸いこんでいる空気は、異常に濃密なのか、無に近いほど稀薄なのか、きみにはわからない。

この作品の成功は、主人公の青年を単なるアスリートにはせず、芸術大学にいた屈折した心を持つ青年にしたことだろう。だからこその、前出「時の崖」とはまた違った文学性なのである。

異化

今までに何度か「異化」だの「異化効果」だのという言葉が出てきたので、このあたりで改めて異化について語ることにする。この異化とは、われわれが通常見慣れたものを表現する言葉、聞き慣れている言語、つまり自動化された描写などを、小説の中で非日常的に表現することによって、異質なものに変えてしまうということだ。わが「文学部唯野教授」はこの異化を説明するため授業の最初に「喧騒と、やみくもな怒りの中にあるわが若き教え子たちよ」とやって学生を驚かせ、こう講義する。「君たちは今、吃驚した。おれの口から聞きなれないことばがとび出してきたもんだから」「つまりさ、ふだんのことばでなく、なんとなく文学的な雰囲気のあることばだから、安心して聞いていられなかった。ちょい不安になった」

しかしこの「文学的な雰囲気のあることば」とて、文学を読み慣れてくるうちには

「皮膚感覚」だの「透明性」だの「ざらついた灰色の質感」だの「無機的な風景」だの、現実社会ならともかく、小説の中では使い古されてしまって自動化されている言葉もある。こういう言葉を使っても異化にはならない。異化は言葉を変えるだけでなく、まるで日常とは異った視点や考え方によっても、われわれが見慣れた世界を突然見慣れないものに変えてしまって、安心していられないものにしてしまう。作家というのは現実の慣例的で習慣的な描写から逸脱して、現実の事物を、知識としてではなく、感触として伝えるのだ。

例えばの話だが、たいていの人が見慣れている筈の、ミステリーなどのテレビ・ドラマを異化してみよう。こんな具合になるのではないか。

「物音がするのは誰かがいるせいであるにかかわらず、返事がないのは怪しい人物に違いないのだが、彼女は殺される危険を忘れようと努めながら吸い寄せられるふりをして隣室へ入っていった」

「彼女は突然起った不気味な音響が高鳴るのに比例して不気味さを感じているふりをし、衝撃的な音響と同時に衝撃を受けたふりをして顔を歪めて見せ、演出家の指示通りに絶叫した」

これはもちろん、皮肉な視線でテレビ・ドラマを見ている人物が語り手なのだが、似たような例をデイヴィッド・ロッジが「小説の技巧」のなかで紹介していて、さっきの例がテレビ・ドラマをよく知っている人物の語りだとすると、これはオペラなど今まで観たことのない人間による、その舞台の描写である。「それからさらに多くの人間が走り出てきて、さっきまで白い衣装を着ていたのに今では空色の衣装を着ている娘を引っぱっていこうとしていた。だが、すぐには引っぱっていかず、しばらく娘と一緒に歌を歌ってから引っぱっていった」(柴田元幸・斎藤兆史・訳)トルストイの小説の一部だというが、オペラを効果的に揶揄している。

オペラに関してなら、もはや使い古されてギャグとなり、異化が不可能になった表現もある。「瀕死の彼女は起きあがって恋人と熱烈に接吻を交し、自分がこれからすぐに死ぬという意味の歌を約十分間、ヒステリックな大声で歌ってから死んだ」

安部公房は風景の細密描写によって、それを内面の風景に変えていく技法に優れた作家だ。むろん「砂の女」もそうだが、都市小説においてそれは際立っている。「燃えつきた地図」では、主人公の探偵が車で団地の敷地内へ入って行く描写がある。

見れば、けっこう、人通りもあるのだが、あまりにも焦点のはるかなこの風景の中では、人間のほうがかえって、架空の映像のようだ。もっとも、住み馴れてしまえば、立場は逆転してしまうのだろう。風景は、ますますはるかに、ほとんど存在しないほど透明になり、ネガから焼きつけられた画像のように、自分の姿だけが浮かび上る。自分で自分の見分けがつけば、それで沢山なのだ。そっくり同じ人生の整理棚が、何百世帯並んでいようと、いずれ自分の家族たちの肖像画をとりまく、ガラスの額縁にすぎないのだから……

今ほど団地がどこにでもある見慣れたものではなかった時代だからこその描写だが、あの頃は小生自身も団地に対してこのように思い、これに近い描写をしていたことが思い出される。それが今となっては、曾《かつ》て以上に異化効果充分の表現となってしまった。誰もこのようには思わなくなったからである。

一冊の書物全体が異化されている書物が存在する。そんな本あるのかと思われるだろうが、実はガルシア゠マルケス「族長の秋」がそれだ。これは架空の国の独裁者の話なのだが、マルケス自身は「自分の書くものでラテンアメリカの現実に基づかないものはない」と言っている。しかしながらこの独裁者というのが、「独裁者の牧場」と言われているラテンアメリカの、過去と現在とを通じて出現しているあらゆる独裁者を合成し、その典型として抽出された独裁者像なのだ。そのためマルケスはあらゆる独裁者の伝記を読み、独裁政治の現場を取材し尽している。

冒頭から「週末に禿鷹どもが大統領府のバルコニーに押しかけて、窓という窓の金網をくちばしで食いやぶり、内部に淀んでいた空気を翼でひっ搔き回したおかげで、全市民は月曜日の朝、図体の大きな死びとと朽ち果てた栄耀の腐臭を運ぶ、生暖かい、穏やかな風によって、何百年にもわたる惰眠から目覚めた」（鼓直・訳）という文章で始まるこの作品は、ラテンアメリカの現実をみごとに異化している。いや、異化ではなく、実際にラテンアメリカの現実はその通りなのだということも言えようが、このような文章の連続によって読者は次第に、どのようなことが起ってもこの小説内では不思議ではないのだと教育され、あらゆる非合理な、超自然現象の描写も、半ばは至極しぜんに受入れてしまうことになる。これこそがマジック・リアリズムと言われる技法だ。

冒頭に続くくだりでは、大波が押し寄せてエボシ貝が鏡にびっしりと張りつき、鮫が狂ったように謁見の間を泳ぎ回り、大統領府のバルコニーには主人公を象徴しているらしい牛が歩いていて、列車がレールの上で眠りこけている猿や極楽鳥やジャガーを蹴散らして走ったりするという描写の連続だから、これが何を異化しているのか、何の象徴なのか、もはや考えている暇もない。さらには、どうしても治らない男色を恥じて、尻の穴にダイナマイトを突っ込み、はらわたを吹っ飛ばす将軍や、不穏な歌を歌うオウムを、政府転覆をたくらんだというので杭に縛りつけて銃殺にしたり、多雨地帯では陸の動物たちが歩いているうちに肉が腐り、タコが木木のあいだを泳いだりもする。

また、弾薬を節約するために十八人の将校を二人ずつ重ねて銃殺にしたり、最も信頼していた将軍が反逆をたくらんだと知り、丸焼きにしてパーティの馳走に供したりもする。宝籤の一等賞の賞金をふところに入れるためのいかさまに使った二千人の少年たちを爆殺させる。子供に撃たせた反動砲で海のはらわたが引っくり返り、かつての奴隷貿易港の広場にテントを張っていた動物サーカスは吹っ飛び、投網にかかった象や溺死した道化が引き揚げられ、空中ブランコに放り上げられたキリンが引き降ろされる。貧民窟の露地をとことこ入っていったロバが、反対側から骨と皮になって露地を出てくる。

全篇、こうしたシュールな描写の連続であり、これらはすべて絶対的な権力者の孤独に苦しみ、猜疑心や不安に駆られて主人公が犯す愚行につながっている。こうしてマルケスは独裁者という存在を通してラテンアメリカの現実をみごとに異化したのだ。異化にはこのように、ある世界全体を異化するものもあれば、小さなものでは室生犀星が書いたような「女は（略）うどんのような縒《よ》れたかおをしながら、しずかに、ふふ……と微笑《わら》った」（「愛猫抄」）のように形容ひとつで「笑い」を異化してしまうものもある。とにかく日常性から逸脱した小説すべてに存在する異化作用はもはや現代文学にとって欠かせない技術であると言えよう。「逸脱」についても別項で述べなければならない。

これまで述べたことを順に書いて整理しておけば、ひとつの形容詞による異化から始まって、文章による異化、視点による異化、描写による異化などがあり、また作品全体が現代社会や現代世界を異化するものとしてマジック・リアリズムによる異化がある。

そしてさらに、寓話による異化というものがある。寓話というのはスウィフトの「ガリバー旅行記」や、オーウェルの「動物農場」など、風刺的な、または教訓的な物語として書かれたもので、これも異化のひとつの技法だ。

さらにはまた会話だけで作品世界を現実ならざるものに変えてしまう「電話」だの、事物をえんえんと列挙する「羅列」だのによっても異化効果は生まれるが、これもそれぞれ「電話」「羅列」の項目で述べることにしよう。

薬物

わっ。この「薬物」などという項目は何ごとだ。創作に薬物を利用しようというのか。とんでもないことだ。絶対に薬物などを創作の手段にしてはいけない。薬物のせいで傑作が書けたとしても、それは作家が書いたものではない。薬物が書いたものだ。

そう。これは昔から薬物を常用している作家に対して何度も言われていることである。しかしちょっと待ってほしい。例えば坂口安吾以外の人間がアドルムやヒロポンを服用して彼のような小説が書けるかと言えばこれは書けないのであって、決して薬が小説を書いたとは言えないのである。

だからといって小生、作家たるべきものすべからく薬物をやるべしなどと勧めているのではない。単に作家が薬物をやるというのはどういうことなのかを検証したいだけなのである。「薬物」という章タイトルになってはいるが、多少なりとも創作する精神に影響を与えるものをすべてここで考えることにしたのでこんな章タイトルになったのだ。

煙草というもの、現代では毒物扱いされファシズム的糾弾の対象になっているから「薬物」に含めていいだろう。煙草を擁護する議論はすでにあちこちでやっているので、ここでは創作との関連についてのみ述べる。ニコチンが精神に与える影響についてはまだよく解明されていないというのが本当のところらしい。糾弾するならその前にその辺のところをよく解明しておいてほしいものだ。ニコチンだけではなく喫煙という行為そのもの、つまり煙草をくわえる、火をつける、煙草をくゆらせる、煙草をふかすといった行動も、精神に影響を及ぼしているのではないかと考えられるし、とにかく過去にひとつの大きな文明、文化を生み出してきた煙草である、何の解明もされずに滅びてよいわけがない。

例えば眠気を誘うために煙草を喫《す》うことがある。逆に覚醒を誘うために起きてまず一服ということもする。まるで逆の効果が時に応じてあらわれるというのがこの煙草の不思議さなのだが、この辺がまず、まったく解明されていない。この場合に共通しているのはどちらも精神を安定に導くという効果なのかもしれない。だからこそ、創作に行き詰まった時、逆に書くことによって精神が過剰に昂揚した場合、いずれもしばしの休息が必要になって煙草を喫うのである。休息の目的は「気分を変える」ことであり、その効果を求めるには煙草が一番であろう。珈琲という手もあるがこれはどちらかといえば興奮を導くものだ。興奮を抑え精神を安定させるための性行為という手段もあるが、執筆の片手間にいちいちベッドインしてはいられない。

そこで精神安定剤というまぎれもなき薬物の名が出てくる。だがこれはご存知のように眠気を誘う副作用が無視できないのである。執筆を続けるためにはある程度の興奮状態を保っておく必要があるからだ。そう考えてみるとますます、喫煙以外にこうした効果が求められるものはないということになる。

喫煙しない作家はどうなんだと言われると困ります。小生喫煙しない作家を批判するつもりはない。喫煙は思考を深めるというのが事実であったとしても、これは小生が煙草依存症だから喫煙によってしか深く思考できなくなっていると考えることもできる。喫煙に頼らず深く考えることができるのであれば、それに越したことはない。だが少なくとも、現在喫煙している作家が世の風潮に流されて禁煙に向っているというのであれば、それはやめた方がいいと忠告しておこう。というのも、昔、煙草の煙が濛濛《もうもう》と立ちこめていた新聞雑誌の編集室や会議室から紫煙が追放されて以来、どうも記事そのものから重みが失われ、やたらに軽くて表面的な文章ばかりになってしまったと感じられるからだ。スポーツ選手の多くは喫煙しないが、それだからと言って彼らの談話がまったく表面的で面白くないのは喫煙しないせいだとまで言うつもりはありません。

さて次はアルコールである。アル中にさえならなければ、酒はいくら飲んでもかまわないようだ。酔って昂揚して、凄い着想を得たり、とんでもない文章を思いついたりするからである。しかし小生、酔っ払って原稿を書くことだけは控えている。めろめろの文章になり、たとえ書いても書きなおさなければものにならないからである。大方の作家はメモだけしておくのがよいだろう。しかしこれは作家にもよる。酔っ払って書いたものが傑作になるという作家も存在するからだ。葛西善蔵などは常に酔っ払っていたらしく、その作品も「酔いどれのくだ」などと評されているが、小生は極度の貧困の中でのたうちまわっているような葛西作品を大いに評価するものだ。晩年は書くこともできず、弟子の嘉村礒多に口述筆記をやらせているが、それでも傑作だ。彼の戒名は「藝術院善巧酒仙居士」である。戒名を「藝術院」としたのは六代目菊五郎とこの人くらいか。

立原正秋は朝起きてまず一升酒を飲み、それからビールでぼつぼつ酔いを醒ましながら原稿を書き始めたと言われている。多くの作品を残しているが、どちらかと言えばエンタメ系の作家で、大人の恋愛を中心とした小説が多い。他にも酒豪とされる作家は大勢いるが、その作品が飲酒にからめて評価されることはない。

憂鬱病にとりつかれる作家は多い。いずれも自信をなくしたり、創作意欲が湧かなかったり、自己嫌悪に陥ったりするせいだが、一般の人に比べて作家には昔から特にこういう人が多いと思えるのだ。これが流行作家、人気作家であったりすると追い込まれてしまってますます悲惨なことになる。そこで薬に依存することになるのだが、今ほど薬事法が厳しくなかった頃にはいろいろな薬があった。四十年ほど昔のことになるが、リタリンという鬱病の投薬剤が一般に出まわっていた。これは興奮剤であり、頭が明晰なままで仕事を進めることができるからというので作家たちがよく服用していた。当時は流行作家の端くれだった小生もある作家に教わってこれを服《の》んだ。多少の覚醒効果もあったのか、締切間際に徹夜すると仕事がはかどった。生島治郎にこの薬を教えたが、彼の場合は服んでもただ咽喉が渇くだけだと言っていたから、効果は人によって違うのだったかもしれない。その時に書いた小説の出来がどんなものだったのか、今ではわからない。当時さほどひどい出来の作品を書いた記憶はないので、効果はあったのかもしれないが、まったくなかったのだと考えることもできる。つまり精神はいつものままで、ただプラシボ効果によって仕事がはかどっただけかもしれないのだ。

こんな場合、一般的には珈琲が勧められている。これは珈琲業界の宣伝かもしれないが一日三杯以上飲むと癌の予防になると言われてもいるから、もしそうだとすれば一挙両得とも言える。珈琲の飲みすぎは胃を悪くすると言われてもいるが、これはさほど気にすることはない。カフェインがいかんということなら、珈琲のように脂で胃を守ることのできない緑茶の方がもっと悪いのである。紅茶だってよくない筈だ。だいたいそれ以下の焙じ茶だのといった安物の茶の方が胃にはよいようだ。

たしかに珈琲は人を興奮に導くものの、果たして創作上の効果はあるのか。ただ興奮するだけなら思考を深めたり、よいアイディアを得たりはできないのではないか。この辺は珈琲の影響を研究している人に訊いてみなければわからない。だが、奇妙なアイディアを得るために小生が試した方法をひとつだけお教えしておく。他の人に効くかどうかはわからないが、珈琲と睡眠薬を一緒に服むのである。脳の一方は覚醒に向かい、他方は睡眠に向かう。さまざまなイメージが踊り狂ったり奇妙な考えが浮かんだりする。ここから何篇かの傑作が生まれたというのならば効果があったことになる。しかしそれはわからない。小説とはそんなイメージや奇妙な考えだけで書けるものではないからだ。あるいはそれらを作品の中で効果的に使っているのかもしれないが、今では不明である。だがそのようにして自分を実験台にし、いろいろ試してみたことは悪いことではなかったと思う。効果不明のままいつまで続けていてもしかたがないから今ではやらないが。

アルコール類と睡眠剤の併用はやめた方がよい。星新一はこれがきっかけで倒れ、以後寝たきりになってしまった。生命にかかわる危険な行為である。いつも夜更かしをする作家にとって、たまに早朝から出かけなければならない時にはどうしても睡眠剤のご厄介になってしまい勝ちだが、前夜早く眠ろうとするこんな時は、酒よりも睡眠剤の方がいいだろう。酒を飲んで寝ると深夜に目覚めてしまい、そのまま朝まで寝られないということがあるからだ。くり返すが眠れないからといって併用は厳禁。えらいことになるよ。

睡眠剤は翌日、昼間の覚醒時に眠気が残っていたりする。今では睡眠剤よりも軽い睡眠導入剤というものがあり、これの方が寝入るには適しているし覚醒後も眠気は残らない。ただしこれもずいぶん早く眼が醒めてしまうから、寝る以前の、ある程度の心身の疲労は必要だ。尚、睡眠剤、睡眠導入剤、いずれも依存症になる危険があることもお教えしておく。くれぐれも常用はせぬ方がよい。作家なのだから毎日きちんと寝る必要はなく、眠くなければ起きて仕事をするか、本を読んでもよい。そしてたまには「眠れぬ夜」も楽しむべきですよ。

リタリンが出まわっていたのと同じ時期だが、「ハイちゃん遊び」というものが流行した。「ハイミナール」という睡眠剤を服み、眠いのを我慢してふらふらといい気分のまま深夜の町を遊びまわろうというものである。当然、酒も飲んでいただろうから、危険な遊びだった。実は小生もジャズマンたちと一緒にやっている。酒場「青い部屋」でよく逢った安井かずみや加賀まりこなどもやっていたのではないか。無論こんな遊び、創作とは徹底的に無関係である。

この時代にはまた、ＬＳＤによる文化がひとつの潮流になっていた。美術を中心にしたサイケデリックと言われる芸術文化だが、今ではあまり顧みられていない。一時の流行だったのだろう。これは特にＬＳＤをやらなくても、絵画や舞台美術や照明効果などでその芸術性は作家にもわかっていたから、小生もいくつかの小説でいかにもそれを体験したかの如き描写をしている。これらは今でも表現次第でよい異化効果を生み出せる筈だ。

中島らもは自身さまざまなドラッグを体験し、それを「アマニタ・パンセリナ」というエッセイに綴っている。タイトルは毒茸のテングダケのこと。親しかった作家であり、この本の中でおれと山下洋輔が酒と一緒にリタリンを濫用していたと書かれているがこれは間違い。前述の通りハイミナールと酒の濫用である。酒と睡眠薬の併用で書かれた「頭の中がカユいんだ」という処女作をはじめとして、これらは他の薬物やアルコールの中毒者には絶対に書けない傑作だ。

　このあたりからそろそろ法的に禁止された薬物の話題になるべきだが、あいにく小生には僅かに昔のマリファナ吸引体験しかなく、これに関しては創作に及ぼす効果などまったくなかったと言うしかない。眠くなっただけなのだ。外国の作家にマリファナ体験を描いたいい作品があることを知ってはいるが、マリファナ吸引がマスコミで大騒ぎされるようになった現在、改めて吸引し、それを確認する気もない。作家としてはそれでも体験するべきだと言う人がいるかもしれないが、敢えて法律や道徳に対する文学の優位を主張するほどのことではないと思う。まあ、体験したい作家はオランダへ行ってください。

逸脱

逸脱とは、リアリズム小説の約束事からはずれて、例えば本筋から逸れたり、主人公が誰だかわからなくなったり、その他の無茶苦茶を作者が演じることである。これはリアリズムの小説をたくさん読んできて、文学の何たるかをよく心得ている読者でなければ通じなかったりするので、ただのエンタメ系の作品でやるのは考えものだ。しかしこの技法、いや、作者が意図的にやっていないこともあるから技法と言っていいかどうかはよくわからないのだが、時には爆笑を呼び、時にはあっけにとられ、時には考える努力を強制されたりもするから、決して文学的に無価値とは言えず、それどころか、極めて刺激的でもある。

中原昌也の短篇集「悲惨すぎる家なき子の死」のタイトル・ストーリイでは、小説家である自身の、小説が書けなくなったことについての冒頭部分から、知人の小森翔太という人物に話が及び、その存在の不愉快さや、会った者に必ず殺意を覚えさせ、獣性を触発させる小森についてのエピソードが語られていくうち、またしても小説家としての自身のことに戻る。

中原昌也がいつも書くのは、小説を書くことにまったく興味も喜びもおぼえないという述懐である。「ただただ生活費欲しさに、何かを書かねばならない。内容なんて何でも構わない。読む奴がつまらなく思うかどうかなんて、まったく知ったことじゃない。とにかく一刻も早く原稿を仕上げて納品して、出版社から金を貰うだけのこと」それに続いてまた小森の話に戻る。突然姿を消したこと。ノイローゼになったという噂。そしてまた別の噂として住まいに関する不幸ないきさつ。そして「すべては不景気のせいなのか、このような狂ったことが、まかり通っている。事実は小説より奇なりとよくいうが、まったく何が小説だ。何が文学だ。クソバカバカしい」と、またしても自身の述懐となる。

読者はあれ、と思う。小森と作者が作者によって同一視されていると思うのである。しかしそうでもないらしい。金に困った小森が両親に頼って行く話が続くからだ。しかしその両親が心ない親たちであり、「死んでも葬式にも行くつもりはない」と小森に言わせたあと、「何もかもすべて終わってしまえ。家族の絆《きずな》なんてものは存在しないし、そもそも愛なんてものはこの世界にはない。もう、どうでもいい。それをわざわざ物語なんぞで説こうとする輩《やから》は、すべて某宗教団体の詐欺と何ら変わりはない」と、またしても作者自身のことばらしいものが出てくるのだ。

以後、「小森の行方は、誰にもわからない」と書かれてから小森は登場せず、ひたすら作者自身の他の作家への罵倒や、自分の執筆が詐欺師の片棒を担いでいることになりかねないことなどが書かれたあと、最後は「まあいい商売だ。小説家ってヤツはさ。気楽なもんだ。なってよかったよ、本当に」という捨てぜりふで終わる。これを逸脱という技法と言っていいのかどうか、実際に中原昌也が真に執筆を嫌っていて、住まいのことで苦労していることを彼のエッセイや発言などで知っている読者は迷ってしまうのだが、あきらかに真っ当なリアリズム小説から逸脱している以上は、やはり「逸脱」のひとつのありかたとして見なければしかたがない。そしてこの作品が読者に高いレベルの緊張感を維持させていることで、小生はこれこそが中原昌也の作品の技法であると断定したいのだ。

イタロ・カルヴィーノの「冬の夜ひとりの旅人が」では、冒頭から作者が読者に語りかけてくる。「あなたはイタロ・カルヴィーノの新しい小説『冬の夜ひとりの旅人が』を読み始めようとしている」(脇功・訳)に始まり、読む場所について、姿勢について、多くの本の中からこの本を選んで買った理由について、読み始めるまでの「あなたの」行動についてなどの逸脱が、九ページにわたって続く。やっと最初の話、タイトル・ストーリイである「冬の夜ひとりの旅人が」が、ある駅の描写で始まるものの、すぐに「ピストンから噴出する蒸気が章の冒頭の部分を覆っている、立ち込めた煙が最初の書き出しの部分を包み隠している」という逸脱が紛れ込んできて、読者は常に自分が今小説を読んでいることを思い出させられる。

こうして、まったく別の十の短い話の中で作者は常に読者に語りかけ続け、その逸脱は読者が物語を追う気を失うぎりぎりのところで危うく留まり続けるのだ。なぜこんなことをするのかという読者の疑問に答えてカルヴィーノは言う。「本が直接に伝達するはずの、あなたが、多かれ少なかれ、本から汲み取るはずの解釈以外に軽々しく付け加えることのできるような解釈はないのだ」そして実際にいくつかの物語の断片の間を右往左往しているこの本の主人公は「男性読者」と呼ばれる人物であり、この人物がなんとかこの本の全体像を摑もうとして苦心するのである。いわばこの本は「逸脱」という技術で書かれたメタフィクションなのだ。

メタフィクションという言葉が出てくるのはこれで三度めだから、ちょっと説明しておこう。メタフィクションとはフィクションについてのフィクションである。作品の中で作者が出てきたり評論家が出てきたりしてその作品を批評したりする、あるいはその作品の欠陥を示したり補ったりするかたちで逸脱が行われたりする、といったようなことだ。メタフィクションにはいろいろな技術があるので、一口には言えないところがあるが、逸脱もそうした技術のひとつだろう。

カルヴィーノの判然と意図的な逸脱は、何か新しい作品を書こう、しかもそれを通じてあらゆるものを認識できるような作品を書こうという、無茶な願望であろう。しかしこれは作家である小生にわからぬことではない。無茶な願望は無茶な逸脱によってしか成し遂げられないという考えは小生の考えていたことでもあったからだ。読者が読まれていればだが、「虚航船団」など小生のいくつかの長篇を思い出していただけるなら、それを納得していただけるのではないかと思う。

　本まるごと逸脱などという過激な作品ではなく、その一部にこの技法が使われている場合、われわれは自分たち読み巧者に向けたギャグであると理解して優越感に浸ったり笑ったりする。それは必ずしもメタフィクションではなく、たとえば無茶苦茶な時間のすっ飛ばしかたをしてリアリズムに反抗するという形式をとったりもする。これはドナルド・バーセルミの「帰れ、カリガリ博士」の中の、デイヴィッド・ロッジも紹介している「教えてくれないか」という短篇の冒頭だ。「ヒューバートはチャールズとアイリーンにクリスマス・プレゼントとしてすばらしい赤ん坊を与えた」（志村正雄・訳）つまりチャールズとアイリーンの間に子供ができなかったのでヒューバートが養子の世話をしたのだ。皆が喜んでワインを飲んだという、その次の段落でいきなり「エリックが生れた」となり、これが誰の子供なのかさっぱりわからないまま、「ヒューバートとアイリーンが内密に関係した」となるので、ヒューバートの子供かとも思えるのだが、わからない。「ポールはヒューバートとアイリーンを注意深く見た」とあるから、あの子がすでに大きくなっていることがわかる。そして二人の「関係は十二年つづき、たいへんうまく行ったと考えられた」のあと、ただ一行、「ヒルダ」と書かれているだけで、新たな登場人物が紹介されるのだ。「チャールズはヒルダが成長するのを窓から眺めた。まず始めは、彼女は赤ん坊に過ぎなかった、次に四歳、次に十二年が過ぎて、彼女はポールと同年、十六歳になった。何というきれいな娘《こ》だ！　とチャールズは秘かに思った。ポールもチャールズと同意見であった。ポールはすでにヒルダのきれいな乳房の先端を歯で噛んだことがあった」

ほんの一ページで、十六年間に及ぶさまざまな出来事が要約されてしまうのである。読者としてはあきれ返り、ただ笑うほかないのである。

町田康の「告白」は次のように始まる。

　安政四年、河内国石川郡赤阪村字水分《すいぶん》の百姓城戸《きど》平次の長男として出生した熊太郎は気弱で鈍《どん》くさい子供であったが長ずるにつれて手のつけられぬ乱暴者となり、明治二十年、三十歳を過ぎる頃には、飲酒、賭博、婦女に身を持ち崩す、完全な無《ぶ》頼《らい》者と成り果てていた。
父母の寵愛《ちょうあい》を一心に享《う》けて育ちながらなんでそんなことになってしまったのか。
あかんではないか。

この「あかんではないか」で、読者はのけぞってしまうのである。なんと作者が主人公を叱っているのだ。お笑いでいうなら「突っ込み」であろう。まさにこの冒頭だけでこの作品は後世に残る作品となった。丸谷才一の強い反対意見にもかかわらず谷崎潤一郎賞を獲得したのも、ほとんどこの冒頭によるものと言ってよい。ほんの一行の文章で、これほど効果的な逸脱を果たした例はちょっと他に見当らない。

品格

「作家の品格」というような「品格本」があったかどうかは知らないが、品格など作家には無用、と思っている人は、作家であると作家以外であるとにかかわらず多いだろう。ではそもそも作家に品格などというものが必要なのだろうか。最初の「凄味」の章で小生、「小説を書くとは、もはや無頼の世界に踏み込むことであり、良識を拒否することでもある」と書いている。そんな輩に品格など無用のものである筈だ。ところが小生、実は「無頼」であるが故の品格、「良識を拒否」しているが故の品格、というものが存在すると考えているのだ。

ここから先は「品格」という語の解釈次第ということになるので、読者はあくまで、これは筒井康隆の考える「作家の品格」であると思って読んでいただきたい。つまりその作家によってその作家に附随する品格というものは違ってくるであろうからだ。例えば柴田錬三郎の考えていた品格とは「勇気」であったと思う。彼は「勇気とは錯覚だ」と言っていたが、これは小生もそうだと思う。冷静に判断すれば勇気など奮うとあきらかに怪我をするとわかっている局面でも錯覚によって勇気を奮うということであろう。剣豪作家であった柴錬にとって勇気は身を律する上で大切なことだった。

彼は二人のちんぴらにからまれ、「流行作家なのだから金を持っているだろう。出せ」と嚇《おど》された。彼は「今、三十万円ほど持っている。しかしお前らにやる金は一円もない」と一喝した。ちんぴらたちは大声で罵ったものの、結局は何もせずに立ち去ったという。これが創作なのか事実なのかはわからない。しかしこういうことを事実として書いた以上柴錬はこうした行為による結果を覚悟の上で書いたに違いないのだ。だからと言って作家すべてがこんな勇気を持つ必要はない。おれならおとなしく金を渡すだろうし、カードの類だけは勘弁してくださいと懇願するかもしれない。これが即ち作家としての品格の下落ではない。

ハードボイルド作家だった生島治郎もまた自己の作品に対する責任のようなものを、日常の品格として維持し続けていたに違いなかった。タクシーに乗っていて運転手と口論になった生島氏は、怒った運転手が車をとめて「降りろ。外で決着をつけよう」と言うと、ただちに車から降り、落ちていた鉄パイプを拾いあげた。運転手は恐れて詫びたという。こういうのも柴錬の言う錯覚による勇気であり、もしそこに鉄パイプが落ちていなかったらどうするつもりだったのか、運転手が殴りかかってきたら鉄パイプで殴るつもりだったのか、そこまでは考えなかったのではないかと思う。とにかくその瞬間、生島氏に必要なのはハードボイルド作家としての品格の維持だったのである。むろんこんな真似、小生にはとてもできない。

中上健次は常づね、小島信夫の書くもの、あるいはその書きかたに疑問を持ち、怒りさえ抱いていた。遭えば殴ってやるとまで言っていたらしい。ある時パーティの席で小島信夫に遭い、彼は凄まじい顔で迫った。小島信夫は恐れて「殴らないでくれ」と言いながら逃げまわったという。これで小島信夫の作家としての品格が下落したかというと、そんなことはない。これこそが小島信夫の品格なのである。こういう正直さは誰にあってもいいものだと思う。

だから作家の誰それにとっての品格、ということは言えるのだが、作家すべてが持つべき品格、というのはあまりないのではないだろうか。基本的には、作家は正直でなくてはならないと思う。「いつも嘘ばかり書いているのだから、実生活では嘘はつかない」としばしば小生は冗談めかして言うのだが、ある程度は本当のことだ。自分の利益のために、という但し書きはつくが、政治家のように嘘で保身を図ったり、言うべきことを隠して黙っていたりするなどは、作家のするべきことではなく、品格にかかわることだと小生、思っている。

だが、それで困ることがある。「これはご内聞に」と頼まれたことまでべらべら喋る趣味はないものの、書かねばならぬことなら当然「いや、それは書かせて貰う」と断るのが作家としての通常の行為だと思っているのだが、これはあくまで作家としてであって、役者として何かに出演することが決定した時、たいていは情報解禁日というものがあり、それまでは黙っていなければならない。しかしそれが出演当日ぎりぎりであったり、オンエアされるぎりぎりまでであったりすると、わがファンの中には「なぜもっと早く教えてくれなかったのか」と言ってイカる連中がいるのである。こういう場合は沈黙しながら、今おれは作家ではなく、役者なのだからと自分に言い訳することになる。

作家はよく浮気をする。男性の作家は一般の人よりも飲む機会が多かったり、女のいる店に接待されたりするからだが、浮気そのものは別に作家の品格を下落させるものではない。発覚した時の対処が問題なのである。作家は比較的マスコミから守られてはいるが、それでも相手が有名女優だったりすると許してはもらえない。その時の騒ぎに対しておろおろするくらいなら、最初から浮気などしない方がよい。こういう場合は相手との情事やマスコミの騒ぎをきちんと書くことが大切である。レポーターに対しては、応答が面倒なら「いずれどこそこに書くから」と言えばたいていは許してくれる。時にはのっけから体験を書こうとして浮気する人もいる。

最後の無頼派と言われた檀一雄は、舞台女優の入江杏子と愛人関係にあり、山の上ホテルで同棲を始める。家庭を顧みない放蕩であり、通常ならば倫理性を疑われてもしかたのないところだが、彼は「どのような不埒《ふらち》な生きザマであれ、絶えず己の頂点にあり、絶えず己に指令している人生でなかったら、何になろう」と言って恥じるところがない。子供が窃盗事件を起したため警察で係官から家庭環境について苦言を呈されても、堂堂と反論する。そして自分の生き様を、長い時間をかけて苦吟しながら「火宅の人」という長篇に結実させて発表し、死後、文学賞を受賞する。この作品に関しては「グウタラ作家檀一雄」という見出しで論評されたりもするのだが、己の生きザマを貫いて、堂堂亡びに至る覚悟であり、わが生存の審美的覚悟をまで変えるわけにはゆかないと、何ら反省の色はない。

これこそが檀一雄の作家としての品格なのである。作家の品格として誰が持っていてもいい品格であるとさえ言える。妻や子を極度の貧困に陥らせ、後年女優・檀ふみとなった長女が腹をすかせて鶏の餌を食べたりしていても、パリなどを放浪していて家に戻らないような人間に品格があるのかと言う人もいようが、ここではあくまで作家としての品格を論じているのである。

犯罪者であっても作家としての品格は保ち続けた作家もいる。泥棒作家と言われたジャン・ジュネである。自身の体験を中心に描いた「泥棒日記」において彼はキリスト教の用語や概念を裏返し、観念の思索を深めていくのだ。その作品はジャン・コクトー、サルトルなど多くの文学者から高く評価され、終身禁固刑だった彼は文学者たちの請願で大統領からの恩赦を得る。ただ泥棒、裏切りなどの悪徳からのみ、彼に作家としての品格がないなどとは言えないのだ。

だからといって、作品が傑作でありさえすればその作家には品格があるということになるのかと言えば、それも少し違うようだ。名作と言われるような作品をいくつも書きながら、小生の眼からはあきらかに品格のない作家がいるのである。要はたとえ自身が品性に欠けるような行いをしても、きちんとそれに対峙した作品を書いていればいいのだが、自分のことは棚上げにして道徳家ぶった語り手や主人公を登場させ、他を糾弾するといったていの作品を書いて評判を得るのが品格に欠けると言っているのだ。作品さえよければいいだろうと思う人もいるだろうし、作家本人の品性のなさなどはなかなか一般人が知ることはできないから、それでいいのかも知れないが、文壇マスコミの評判が悪いから、例えば死後など、いずれは露呈することになる。しかしこうしたことはあくまで小生が思うところの「作家の品格」である。別の意見があってもおかしくはない。

こういう視点から見ると、「転向」という行為などは実にささやかなものであり、品格の下落ではないと言える。一時期、特高警察から迫害を受けて死んだ小林多喜二の

「蟹工船」がブームとなったが、彼との比較もあって、それ以前から転向した作家たちが批判を受けたりもしていたのだ。転向したのち、まさにその転向をテーマにして書かれた作品には村山知義「白夜」や中野重治「村の家」や島木健作「生活の探求」がある。これらの作品を書いたことで彼らの品格は保証されている。

しかし特高に検挙されることのなくなった現代においても「転向」ということばは存在し、一般には考えを変えたり団体から離脱して別の団体に移った者が「日和った」「裏切った」などと非難の対象になることは多い。作家においては左翼的な活動をしていながら考えが保守的になった人を、転向者とすることもある。これらは「揺蕩」の項で述べたように長時間をかけての精神の揺れに過ぎず、これが成長の証しであると言うこともできるわけなので、決して作家としての品格の下落ではない。

電話

現代において電話は生活必需品となった。ほんの十数年前までは隣家の電話を借りたり公衆電話に走ったりということがごく自然に行われていたのだが、今では子供たちまでが携帯電話（以下「ケータイ」と表記する）を持ち、それが「ないと死んだ方がまし」などと表現されるに至ったのだから、たいへんな変化である。これが小説に影響を及ぼさぬわけはなく、今でこそケータイではない電話が登場してもまずまず違和感なく読めるものの、そのうち「なんでこの人はその時にケータイをかけなかったのか」と不審がる読者も出てくるだろう。これは即ち、昔汽車で二十時間かかった場所へ今なら三時間で行けるといった類の進歩とはまったく異る、人間精神に深く関わる変化だ。

昔から電話小説というものがあり、これらには地の文が省略され、背景も表情もわからない電話による会話だけで書かれることによって、現実が現実ならざるものへと変化する異化効果を求めた作品が多かった。さらには相手が見えないために誤解や混乱が起り、そこに生まれる喜劇的な、あるいはミステリアスな効果を生み出すこともできたのだ。これが移動しながら会話ができるケータイの登場によって、さらに複雑化した。移動しているうちに相手が目の前にいたなどの、実際によくある事実はもはやギャグにもならない。皆がケータイを持っているために、移動中の遠隔会話手段としての車内電話もなくなってしまった。しかしここではケータイ以前の、電話をテーマとした作品を少しだけ復習しておきたい。

星新一の「声の網」は四十年も前に書かれた長篇だが、電話の未来というよりはむしろコンピューター・ネットワークを予言していることに驚かされる。この作中の未来社会では電話が重要な役割を果たしていて、買物の支払いや銀行の振込み、健康診断や簡単な診療、調べものやデータの保管までやってくれるというのだから、まさに現在のインターネットと相似なのだ。舞台は十二階建てのマンションで、その各階の住人の話が十二章に分けて書かれているが、それらはやがてひとつの物語に収斂される。住人たちそれぞれにかかってくる電話、住人たちがかける電話、それらすべてが通信網で繋がっていて、それによって膨大な個人情報を蓄積したコンピューターの、社会全体を動かそうとする恐ろしい企みが次第に明らかになっていく。

だからこれはいわゆる「電話小説」ではない。しかし電話を題材にしたこんな小説の存在は記憶されるべきであろうし、未来予測という観点から評価を下すならばＳＦの名作とされて然るべき作品だ。

一九四八年に作られた「私は殺される」という映画がある。これはもともとルシル・フレッチャーが書いたラジオドラマであったことからもわかるように、ひたすら電話による会話だけで話が進行する。主人公は製薬会社の社長の娘で支店長の妻だ。そして彼女は心臓を悪くしてベッドから動けない。この設定ならケータイ時代の今でも通用しそうだが、あいにく事件の発端というのが、今では考えられない電話の混線によって、誰かが殺されようとしている会話を傍受してしまうというもの。警察に電話してもまともにとりあって貰えず、夫の会社に電話しても彼は外出中だと秘書が告げる。あちこちへ電話をかけるうち、どうやら自分には高額の生命保険がかけられていて、夫と自分との間に介在するのがギャングであり、実は今夜殺されようとしているのが自分らしいとわかってくるのだが、このあたりのサスペンス効果は素晴らしいものだ。電話による会話だけで進行するラジオドラマが、どれだけ聴取者の心を凍りつかせたか想像できる。

考えてみればラジオドラマはナレーションなしで、会話によってのみ進行する台本こそがより高位の水準にあるとされていて、声優の演技や効果音やBGMの有無を除けばより電話小説に近い文学性を持っていると言えよう。「持っている」ではなく「持っていた」と言うべきだろうか。テレビの出現でもはや過去のものとなったラジオドラマだが、一九四〇~五〇年代はラジオドラマの黄金時代だった。日本でも飯沢匡「数寄屋橋の蜃気楼」などという傑作が次つぎに生まれたものだったが、テレビに押されたラジオドラマの衰退と似たようなことが今、ケータイと「電話小説」との間に起っているような気がするのは筆者だけであろうか。

電話は本来、かけている人物を客観的に描写しようとするなら、かけている本人の声しか聞こえない筈である。両方の声が聞こえるというのは虚構による欺瞞だが、一方の声だけで一篇の作品を書くというのにはたいへんな伎倆《ぎりょう》が必要だ。会話の章で紹介したプイグの「リタ・ヘイワースの背信」における第四章が、チョリとミタの会話でありながら、ミタの言葉がただ棒線で記されるだけなのは、もしかするとそれが電話による会話であり、書かれているのがチョリの言葉だけなのはプイグが客観描写に徹していたからだったのかもしれない。

「私は殺される」では主人公がベッドから動けないという状況が固定電話だけでなく、ケータイ時代の今でも設定できる話だと書いたが、その場を動けないというのではなく、自分の住まいを守ろうとするが故に動けないという状況を小生は一九六九年に「未来都市」(「心理学・社怪学」所収)という短篇で書いている。これも電話小説であり、実際に電話で話されるような写生的な会話文のみで書いていて、それは次のようなものだ。

「あ、もしもし。はい」「あ、あの地下交通局すか」「はは」「あ、あのこちらですね、地下三十二区のH7番地のね」「はは」「岡村っていうんですがね」「はは」「あのですね。うちと同じ階で、あのもうすぐ近所なんすが、通底車のその、新しい路線らしいんですが、工事してるんですが……」「あちょっと、もしもし、あすみません。何か苦情ですか」「いえあの苦情は苦情なんですけどね……」「あのですね、通底車の関係の苦情でしたら通底局の方へね、あれしてくれませんか」「ええ、ええ、ですからね、一度通底局の方へあれしましたらね、それ、あっちでは都庁の方へ電話してくれっていうんです」「ははあ」「もしもし」「はいはい」「あ、それでですね、あの私の家のある方へどんどん工事が進行してるんですけど、あれですか、私の家の近所、みんな立ちのいたんでしょうか。あの私の家には、なんの連絡もないんですがね」

こういう糞リアリズムの会話の面白さというものを小生は当時よく売れていた「言語生活」という雑誌の、電話による通話記録欄から知ったのだったが、この手法はこの短篇にぴったり当てはまっていて、なかなか話が通じないもどかしさを表現することにたいへん役立った。主人公は未来社会の、地下八階に住んでいる人物なのだが、地下鉄に似た「通底車」と呼ばれる交通機関の工事が始まり、自分の住まいへ徐徐に近づいてくることに恐怖を感じている。主人公は何度も都庁へ電話するが、相手の担当者が休んでいたり、局長が出てきて、工事をしているのは地下八階ではなく、地下七階の筈だと言ったり、なかなか要領を得ない上に、工事はどんどん進行して家に近づいてくるという、これはそんなサスペンスを狙った短篇であり、お役所仕事に脅《おびや》かされる庶民の不条理感を表現した作品でもあった。これがもしケータイ時代であったなら、主人公は何も自宅から電話しなくても家を守ることはできたであろうし、最後、ブルドーザーに轢き殺されなくてすんだ筈である。

ニコルソン・ベイカー「もしもし」という電話小説は一九九二年に書かれ、日本でも岸本佐知子の訳で白水社から出ている。これもところどころで「と言った」という地の文が入る以外は、すべて電話による会話だけで成立している小説だ。この作家は本来「意識の流れ」を微視的に描いていた作家だったのだが、とうとう「究極の電話小説」を書いてしまった。これは離れた地域に住む男女が電話で交わす長い長い会話であり、ついにはマスターベーションによって二人同時にオーガズムに達するという、「テレフォン・セックス小説」と謳われている通りの作品で、ロッジはこの作品を紹介し、「電話を性的興奮・発散の道具に用いることほど、コミュニケーションの手段としての電話に備わる不自然さを雄弁に浮かび上がらせる方法もほかにあるまい」(「小説の技巧」)と書いている。この作品は果たしてポルノグラフィなのか文学なのかという論争を巻き起していているらしいが、それもまた読者の獲得を求めて、その判断に委ねようとする作者の狙いだったのだろうと小生は思っている。

ケータイ時代になって、小説は変るのだろうか。世の中はたしかに変っている。背後から「もしもし」と声をかけられて「はい」と振り返ってみればケータイをかけながら歩いていたりするからややこしい。田中直紀元防衛相が答弁の場で「もしもし」などと口走ったりしたのは、いつもケータイをかけている時の癖が出たのだろうか。

以前、ある家族の夕食に招かれたことがある。この時に驚いたのは、この家族が二人、あるいは三人、同時に話すことだった。誰かが話している時に隣の者に小声で話すというのではない。いずれもが家族全員に向けて大声で話すのである。三人がこれをやった時には、誰が何を言っているのかわからず、大笑いになったのだが、その時も話していた者は自分の話が受けたと思って笑っていたのだ。悪夢のような夕食だったが、最近これに似た経験をした。たまたま妻がいなくて夕食に食いはぐれ、近所の小さな居酒屋へ行ったのだが、入って驚いたことには客のほとんど全員がケータイで喋り、しかも盛りあがっていたのである。思うにそこはあまりに汚いので異性とデートすることもできず、家族づれで来ることもできないような居酒屋だったため、客はみな独りであり、ひとりで酒を飲んでいてもつまらないから、誰からともなく知人にケータイをかけはじめ、これが全員に拡がったのであろう。こんな状況を書いた小説というのはまだないようだが、誰かが実験的に群衆ケータイ小説として書いても面白いのではないか。

泣きながらわが家のチャイムを鳴らした娘がいた。塀の前の植込みに腰かけてケータイで話していたのだが、そのまま置き忘れたのだと言う。あわてて戻ってきたらすでに持ち去られていたものだから、ケータイの行方を捜すために電話を貸してくれと言うのだ。持ち去った青年が急いで返しに来たが、忘れ物の行方を求めてその忘れ物そのものに電話するなど、いやはやおかしな時代になったものである。拾ったケータイに次つぎと怪しげな人物から不思議な電話がかかってくる、などという小説も書けるのではないか。今ではもう、ケータイよりも進んだスマートフォンの時代になっているらしいのだが、こうなってくると小生の手にあまるからもはや考察のしようがありません。

羅列

「清涼飲料水の空瓶、紙コップ、新聞紙、西瓜《すいか》の皮、筵《むしろ》、船虫の死体、檜皮《ひわだ》、鼠の死体、七色唐辛子入れの竹筒、縄、底の抜けたウクレレ、蛙の死体……」（筒井康隆「脱走と追跡のサンバ」）よくある、下水道の水面に浮かんでいる汚物の描写だ。これをえんえんとやると、なんとなく下水の臭気までが漂ってくるように感じられるので、やはり羅列というのは効果のある描写法だろう。

羅列で恐怖や熱気や怪奇性を高めることでは、誰もホセ・ドノソには及ばない。「夜のみだらな鳥」一作で彼は、その執念や執着力や想像力や集中力で時間、映像、平面を混乱させてしまう技術を確立した。その技術のひとつが羅列であろう。「暗闇、蜘蛛の巣、お化け、インブンチェ、くずれ落ちた危険なもの、暴漢、ドン・クレメンテ、性悪な野良犬、足を取られそうな穴、子どもをさらうジプシー、黒い影、幽霊、妖怪……」

（鼓直・訳）これは夜中の廊下に潜む邪悪なものの羅列。「大女、ノッポ、シャム双生児、巨人、せむし、白子、あらゆる種類の小人」これは名門の富豪ドン・ヘロニモが、生まれてきた恐るべき畸形のわが子のために国中から集めてきた畸形たちの羅列だが、それだけではなくて時と所に応じ、彼らそれぞれが別の文章で詳しく描写されるのである。「逞しい胴、短い脚、オランウータンのような腕、突きでた下顎」というのは巨人症の大男の描写だ。彼ら畸形の全員が開く仮装舞踏会の場面などは圧巻である。《中国のパゴダ》《ヴェルサイユ》《ネロの時代》《奇跡の宮廷》といったテーマで毎年開かれるパーティに集る畸形は「全員が乞食や廃人、泥棒や尼僧、歯欠けの老婆や魔女の仮装を凝らし」ている。こうした羅列の凄さに圧倒され、われわれは善悪や美醜や聖俗を越えた文学的カーニバルの異空間へたたき込まれてしまうのだ。

本来は「薬物」の項に書かねばならないのだろうが、その後聞いたところによればこのホセ・ドノソ、「夜のみだらな鳥」執筆当時から悪いクスリをやっていたらしいのだが、その後量が増え、廃人のようになってしまったらしい。「夜のみだらな鳥」の異様さを見て、やはり、と思わぬでもない。さてそこで、あんな凄い傑作を書いたのだから廃人になってもいいではないかと思われるかどうかは、読者諸兄次第なのである。

「薬物」といえば、これも「薬物」の項でとりあげた中島らもの処女作が「頭の中がカユいんだ」であり、アルコールと睡眠薬によって異常な速さで書きあげたという傑作なのだが、ここでも羅列による効果が発揮されている。配偶者のもとから家出しようとしている主人公が、自分はそこから何も盗まず、むしろ自分が盗まれた筈の、形のないものを列挙するのだが、単に体言止めの羅列に終らず、作品の中に溶け込んでいるのがよい。

「疲れ果てて小きざみに埋めて行く、家路の一歩一歩を、あるいは一瞬立ち停って眺める、自分の家の夜ごとの窓明りを、そしてその中の温気《うんき》を。喰物の匂いと、犬の鳴き声と、すり寄ってくる卑怯ものの猫と、似たり寄ったりの愚痴と、新聞と、泥酔と、失神に近い眠りと、〔……〕」こういう洒落た羅列があと四行ばかり続く。

フランス文学をやっている友人の書棚でせめぎあいを演じている書籍たちの描写はこうだ。「三島由紀夫とA・P・マンディアルグが、稲垣足穂と高橋新吉が、J・P・ドンレビィとセリーヌとロレンス・ダレルとヘンリー・ミラーが、谷崎潤一郎と永井荷風が、〔……〕」という具合にさらに七行ほど続き、そのあと「アレルギーと映画が、音楽と後発性暗示が、犬と死んだ犬が、死んだ犬と死にかけた豚が、言語と言葉が、詩と非詩が、抱きしめられた花嫁と義手が、マリアンヌ・フェイスフルと図書新聞が、青猫の請求書と義憤が、『私は哀しい』と『いつかね』が、そして膨大な『失われた書』のリストが」で終るのだが、緻密に計算されたシュールリアリズムによる羅列が素晴らしく、とてもラリって書かれたものとは思えない。

このあとも「なかなか飢え死になんかさせてくれない」「裕福な日本」の、豚小屋行きの食べものの羅列がある。「エビフライが豚小屋へ飛んで行く。キャベツが玉ネギがイモが、チキンの唐揚げが、『あたしこれ嫌いなの』のセロリのサラダが、〔……〕」とあと四行ほど続き、そのすぐあと、スクランブル交差点ですれ違う人たちの羅列がある。「スクランブルの上で成金とヨタ者がすれ違う。芸術家と社長さんが、爪楊枝をくわえた奴と残飯あさりが、体重を気にしているオカマと太れないレスラーが、真犯人と後ろめたい刑事《デカ》が、笑ってもらえない落語家と笑いたくない批評家が、豪奢と貧窮が、立ちくらみと立ち往生が、〔……〕」という調子であと十三行。こういうものを「出鱈目に書いている」と思って評価しない人は、一度自分で書いてみればいいのである。いくら時間をかけても想像力が追いつかず、なかなかこれだけ書けるものではない。もしそれがアルコールと睡眠薬の所為《せい》だとしたらこんな素晴らしいものはないと言えるだろうが、前述したようにそれはあくまで作家の頭脳だからこそ可能だったのである。

井上ひさしもよく羅列をやる。つまらない日常的な事物の羅列ではなく、特殊であり想像的な事象、事物の羅列である。これはよく調べよく考えなければできない羅列だから、他の作家には根気がなくて続かない。二年前に出版された「言語小説集」に収録されている短篇「耳鳴り」では、耳鳴りがするというので耳鼻科へやってきた患者に、女医が耳鳴りの周波数を調べるからと、表を出して読みあげる。どんな雑音かと訊ねているわけである。「グーン、ワーン、ウ、ウァーン、ブーン、プー、ウイーン、ポー、クーン、ツーン、ピー、キーン、ゴウゴウ、ガー、ザー、ヒュー、シュルシュル、ピュルピュル、ジー、ジャー、ドー、グオー、ゴー、コー、ビュー、ミーン、チー、シーン、リー、ビー」

さらにはこの女医、雑音によって耳鳴りを消すと言い、イヤホーンで聞かせるさまざまな種類の雑音を羅列するのだ。「犬吠埼に砕け散る波の音、日比谷交差点の雑踏、焼き芋屋さんの売り声、新幹線ひかり号の走行音、厚木基地のジェット戦闘機の発着音、去年の台風十八号が御前崎で荒れ狂う実況音、さまざまな野球場の歓声、東京証券取引所の立会い風景。お薦めは、断然、雙葉学園中学部の昼休みの女生徒たちのお喋りね」

いずれも通常なら「グーン、ワーンなどの雑音」とか、「波の音や雑踏などの騒音」でお茶を濁してしまうところだが、井上ひさしはそうしない。とことん例を持ち出して羅列する。それによって読者は驚き、感心し、またこれはギャグとしても読めるので笑ってしまう。小説だからいいようなものの、井上ひさしは時どき戯曲でもこれをやる。やらされる方の役者はたいへんな苦労だが、どんな長い羅列でもやってしまうというのがまた、役者の凄さでもあるのだ。

いくら羅列が異化効果をもたらすと言っても、例えば単に料理の名前を列挙し、いかにそれが豪華なご馳走であったかを表現しようとしても、それは異化とはならない。だいいちにそんなことは異化する意図などないままに、古典的なリアリズムの時代から書かれてきたことである。ただしそのご馳走の列挙が別の意図で書かれていれば別である。

アプトン・シンクレアの「人われを大工と呼ぶ」は、イエス・キリストが一九二〇年代のハリウッドに降臨し、大騒ぎを巻き起す話だが、彼をカアペンタアという新人の映画スタアだと思い込んだ映画関係者と一緒にレストランへ入ったキリストは、料理を注文する段になって言う。「我牛の最上肋《よきところ》を摂《と》らん」「羊肉の続随子煮《ほるとそうに》を択《と》らん。七面鳥の蒸焼、鳩雛の小皿煮、牛乳《ちち》にて育たる珠鶏《たまどり》の柔肉《やわらかみ》を需《もと》めん」「牡牛の板熱《あついた》に野蕈《きのこ》を配《あしらえ》る物、側脅《よこはら》の煮焼《にやき》に」「小牝鴨の烙肉《あぶりにく》、小羊の腎の臟」（谷譲次・訳）

「神よ、助けたまえ！」と、勘定する立場の映画会社社長がうなり、全員が驚いて、そんなに注文してどうするのかと訊くと、カアペンタアは答えるのだ。「夫《そ》は市上《まち》に携《たずさえ》往《ゆ》き食無くして飢《うゆ》る群衆《ひとびと》に付《わか》ち予《あたえ》んが為なり」

一同、あまりのことに息を呑んで沈黙してしまう。

このカアペンタア、聖書並みにいちいち長ながと羅列をする。大女優のメリイ・マグナの恰好を見て「婦《おんな》よ爾鼻環《なんじはなわ》を除く凡《すべて》の装具《かざり》を著《つけ》たり」と言い、メリイが「あら、いやだ」と言うと、その身の装飾を見れば悉く預言者の言うことに符合していると答えて羅列が始まるのだ。「その足にはりんりんと音あり。頭には美しく編たる髪、さては瓔《よう》珞《らく》、半月飾《つきがたのかざり》、耳環《みみわ》、手釧《うでわ》、面帕《かおおおい》、華冠《かんむり》、脛飾、紳、香盒、符嚢、指環、公服、上衣、外帕《おおいぎぬ》、金嚢、鏡、細布《にぎたえ》の衣、縮針《ちぢらせばり》、首帕《かしらぎぬ》、被衣《かつぎぬ》等なり」

カアペンタアは作者シンクレアの分身であり、聖書そのものを現代化しながら、プロレタリア・イデオロギーの初歩を説いた作品でもある。ナンセンス味もたっぷりで、ギャグも多い。こんな傑作が今では埋れてしまっているのが残念だ。

羅列には何らかの創作的意味がなければならない。創作とは小説のことだから、つまりはその作品の面白さに奉仕するものでなくてはならぬ。だから例えば台所用品、文房具などの名前を、その家の台所を描写してその生活を表現するのだとか、その書斎にある文房具を列挙して主人の人柄を示すのだとか称して、どこにでもあるような台所用品や文房具の名前を一ページ、二ページにわたって羅列しても、何らの創作的意味はない。しかしこれが例えば台所用品の中にひとつだけ「血のついた庖丁」という言葉が含まれていたとすればそれだけで意味が生じ、仮に推理小説ならば読者が読みとばすであろう羅列の中に伏線を埋没させたテクニックとして通用する。あるいは「趣向」というべきだろうか。なぜこれが「趣向」として通用するかと言えば、通常の読者なら一ページ、二ページに及ぶ羅列であれば読み飛ばしてしまうことが多いからである。作者はそれを熟知していてその裏をかき、読み飛ばされるべき羅列の中にわざと重要なことを書き記しておいて読者の鼻をあかそうというわけだ。

これでおわかりのように、羅列は長ければ長いほど読者から読み飛ばされてしまう。確かに、何ページにも及ぶ羅列をやった時、作者にはある種の達成感がある。しかしこれは読者にも作品にもプラスの効果はないし、枚数稼ぎというにはあまりにも労力が多く、なんでもない局面における羅列は無意味と知っておくべきだろう。

ところがここに臍曲りがいて、なんでもないように見える羅列だけで一篇の短篇を書いてやろうと企む作家がいる。筒井康隆という作家である。「十五歳までの名詞による自叙伝」(『最後の伝令』所収)では、作者が生まれてから十五歳になるまでに知った人名を羅列している。自分の名前から始まり美空ひばりで終るこの短篇を読んで「感動した」という、ひとりだけ秋山駿のような評論家もいたから、強ち無意味な実験ではなかったのだろう。

もうひとつ、最近書いたのは「三字熟語の奇」という短篇で、三字熟語の羅列だけで作品にしている。これは三字熟語だけでありながら何かの物語を読者に読み取らせようとしたもので、だから並べ方に工夫を凝らさなければならない。編集が自由自在にできるワープロソフトというものがなければ書き得なかった作品だ。最後の方では実在しない「暗息日」「姦一発」「情半身」「祝災日」「攻意的」などのことばを三ページにわたって披露し、読者を笑わせるなどのサービスもしている。この「羅列」という手法では、まだまだ実験的なことができそうだ。

形容

「形容」は「表現」と称されることが多く、「形容表現」などと言ったりもし、高度なものでは文学的で時に難解だったりする形容があり、普遍的なものとしては慣用句による形容がある。文学者が特に嫌うのは新聞記事に散見される、記者の書く常套句だ。怒りや恐怖の表現としては「声をふるわせて」「頬を引きつらせて」などがあり、「貝のように口を閉ざし」のように質問に答えない人物に対する悪意の籠った主観的な形容もある。「深々と頭を下げ」は一見その通りに思えるが、実は心が籠っていないこと、相手におもねっていることなどを暗示している場合が多い。いつも「声をふるわせて」いる人ならどうするのか、顔面神経痛のために「頬を引きつらせて」いたらどうするのか、言語障害のためやむなく「口を閉ざし」ている人ならどうするのか、常に「深々と」お辞儀をする人だったらどうするのか、そんなツッコミを入れたくなるのも新聞記事の自動的な慣用句を嫌悪しているからなのだろう。

　こうした慣用句は創作の現場では作品の価値を下落させるものとしてマイナス点をつけられることが多い。ただしエンタメ系の作家の中には五木寛之のように「慣用句が好きなので」と開きなおっている人もいる。というのも慣用句は便利でもあり、誰にでも通じ、純文学の作家でさえついうかうかと使ってしまったりするからだ。よほど世俗の垢がこびりついた形容でない限り、文学的な創作の中で使ってしまうのもやむを得ないことなのだろう。しかし、いかなる小説であっても絶対に使ってはならぬ形容がひとつ。それは「筆舌に尽しがたい」という形容だ。

　慣用句についてはこれくらいにしておき、もう少し高度な文学的形容について考えてみよう。レイモンド・チャンドラーはハードボイルド小説を書くエンタメ系の作家だと思われているが、しばしば文学的に評価されるのは何よりもその自由自在な表現のせいだ。飛躍した形容があり、時にはユーモラスでもある表現は、次つぎと繰り出されて読者を退屈させない。「インド象の一隊をごっそりいれられるくらいの入口の扉」「むく犬みたいにていねいに手入れをした立木」「どっしりと気持よさそうに腰をすえた丘」「水面を流れるみたいな歩き方」「小さな鋭い犬歯が見えた。新鮮なオレンジの髄みたいに白く、陶器みたいに光っていた」「彼女は唇をかみ、首をちょいとかしげて、ながし目で私を見た。それから、長いまつげを、頬に触れるくらい伏せ、舞台の幕みたいに、またゆっくりとあげた。この芸当は百も承知だ。私にでんと尻もちをつかせ、亀の子みたいに空中に手足をつっぱらせようというこんたんだ」（「大いなる眠り」双葉十三郎・訳）こういうのが冒頭三ページで機関銃のように繰り出され、その後も同じ調子で続くのだから、とても並の作家に真似できることではない。

お気づきかもしれないが、これらの形容の中には「丘」や「歩き方」や「まつげ」などのように昔から使われているものもある。すべてがチャンドラーの発明ではないのだ。そしてまた、チャンドラーの使った形容がしばしば真似されていたりもする。無論、ハードボイルド系の作家や作品に使われることが多いのだが、このような過去の名作からの模倣は、少くともエンタメの世界では今や原典がどこに存在していたのかわからなくなっている。つまりはハードボイルド作品に限っても真似たくなる洒落た形容がそれほど多いということだし、前記チャンドラーのように素晴らしい形容を量産した作家の文章から模倣したとしても、この形容はどの作家のどの作品のどの部分に存在したのか、本当に誰かがすでに書いていたのかを、それ専門の研究者でもない限りたいていの読者は忘れてしまっているからだ。

とすれば、ここから先は剽窃《ひょうせつ》の問題になってくる。誰が書いた形容なのか、どこからの借用なのかがわからない限り、いい形容はどんどん使ってもいいのだろうか。自分が考え出した形容であると主張すれば誰の表現であっても構わないのか。逆に、自分の表現だけは自分のものだ、と断言する若手の純文学系作家がいる。しかしその表現、ほんとに彼自身のオリジナルなのかどうかが危ぶまれる。過去、多くの作品が書かれている中、それに類似の表現はいくつもあったと考えるべきではないだろうか。

実のところ小生、形容というものにあまり重きを置いていない。過去の小生の作品をお読みになればおわかりと思うが、形容が少ない上、凝った形容をしたことも僅かである。形容よりは描写、と考えているからだ。文学的な凝った形容を工夫するよりは、きちんと正確に描写する方が大切であり、自分に相応しいと思っている。異化の項で紹介した室生犀星の「女は（略）うどんのような縒《よ》れたかおをしながら、しずかに、ふふ……と微笑《わら》った」は実に面白く、これは知る人ぞ知る有名な形容だから誰が真似しても「あれだな」と思われ、ギャグのようになる。小生もふざけて一度くらいどこかで使っているかもしれない。しかし「うどんのような綟れたかお」というのがどのような顔なのかは実に漠然たるものであり、これは作者自身もどう解釈されてもいいと思って書いたに違いなく、要するにどうでもいいのだ。だから文章を正確に読み解いてもらうためには、「鼻の下を長くのばし、顔を歪め、小さくふふ、と笑った」と書く方があきらかに正確なのだし、そう書いた上で「うどんのような笑い方だ」とつけ加えるのならかまわないと思う。

これは決して室生犀星の文章を批判しているのではない。名作「あにいもうと」には素晴らしい形容が頻出し、冒頭の鱒を捕るところでは「嘘つきのような口をあけたぎちぎちした鱒のあたまの深緑色」だの「鱒は女の足のようにべっとりと動かなくなる」だの、おいそれと「うどんのよう」には剽窃できない形容である。なぜならば、こんな形容をするためには作品そのものがこうした形容に相応しいものでなければならないからだし、全体の文章もこの形容に相応しいものでなければならないからだ。妹のもんが恋人に妊娠させられ、死産となり、やぶれかぶれのようになり、誰かにおもちゃにされた末、実家で寝たきりとなっている枕元で、兄の伊之助が怒鳴る。

伊之が時々汚ない物をひっくり返すようにもんの寝床に立ち上ったまま、大方、にやけ野郎にベタついて、子供時分のよだれをもう一遍垂らしやがったので、臍の上がせり出したのだろう。狗《いぬ》だか椋鳥《むく》だかわけの分らないものをへり出す前に、何とか、悧巧にかたをつけたほうがいい、羅紗《ラシャ》くさい書生っぽのヒイヒイ泣きやがるガキの卵の夜啼なんぞ聞くのはまッ平だと、頭痛で氷でひやしている枕上でどなるので、〔……〕

このような文章、とても最近の若手作家の真似し得るものではない。

美しい形容に溢れた文章を書く作家では、三島由紀夫がいる。この人の形容表現もまた借用不能、剽窃不能であろう。作品全体がまさに三島由紀夫調でなければならないからである。「禁色」に登場する老作家の檜俊輔は男色家である。その彼が見る少年たちの描写が素晴らしい。

俊輔はその道の少年たちを引き連れて、そこかしこの喫茶店や西洋料理屋に姿を現はすやうになつた。少年から成人に移つてゆく微妙な年齢の推移に、夕空のやうな刻々の色調の変化があることに、俊輔は気づいてゐた。成人することは、美しさの日没である。十八歳から二十五歳まで、愛される者の美は微妙に姿を変へた。夕映えの最初の兆、雲といふ雲が果実のやうにみづみづしく色づく時刻は、十八歳から二十歳にいたる少年の頰の色や、しなやかな頸筋や、剃り上げた衿元の新鮮な青さや、少女のそれに似た唇を象徴してゐた。やがて夕映えがたけなはに達し、〔……〕

単に形容だけではなく、美学や古典文学からあらゆる世相に到るまでの教養と知識に鏤《ちりば》められた文章はもう、どんな作家にも書けないだろう。

では、そもそもの問題に立ち返ってみる。形容とは作者自身が考え出したものしか書いてはいけないのだろうか。もちろん自分で考えるに越したことはないのである。だがしかし。

小生は作品の中で、自分のした恥ずかしい行為に自分で腹を立て、やたら部下に当り散らしている人物の行為を形容して「それは自分の脂によって自分が爆ぜているフライパンのベーコンを思わせた」と書いている。書いた時はとてもいい形容だと自分で満足していたのだが、考えてみればそれくらいの形容ならすでに誰かがやっているに違いないと思えてきた。いやもう、確実に誰かが書いている筈だ。現に「やけたトタン屋根の上の猫」というテネシー・ウィリアムズの戯曲のタイトルがあるではないか。まして自分の知らない何十万、何百万の過去の小説の中には一字一句違わない形容が絶対にあるだろう。

そう考えて小生、あきらかに特定の作家からの借用でない限り、もはやこの形容は誰がどこで使ったものか、また使われた可能性があるかどうかをあまり考えないことにした。すべての小説は過去のすべての小説の遺産で書かれているという議論もあり、その遺産の中には形容も含まれる筈だという考え方もあり得る。他からの借用に関しては、自分で掟と許容範囲を設定した。

よく知られた現代小説の形容は使わない。

現存する作家による形容は使わない。

古典的作品からの形容表現は許容。ただしその形容表現が自分のその作品に相応しいものであること。

一つめと二つめは礼儀としての掟であり、三つめは、ほとんどの作品が専門の研究者以外あまり読まれていないからということもあり、優れた形容表現は消えていきそうな古典の中から拾いあげて後世に残すべきだとも考えたからである。これには当然異論もあると思うから、読者に押しつける気はまったくない。ただ他の作家の参考になればと思って記すのである。

最後に「形容の宝庫」とも言える、ルイ＝フェルディナン・セリーヌを紹介しよう。処女作「夜の果ての旅」（生田耕作・大槻鉄男・訳）に頻出する形容は八方破れの文章の中にともすれば埋没するため、まとめてお見せするのが厄介だが、冒頭近くの戦争場面が素晴らしいのでその近辺をご紹介する。作者自身と思える主人公は、ほとんど気まぐれから兵隊になってしまうのだが、戦場の真只中へ投げ込まれ「おびただしい死者にとりまかれて、僕たちはまるで死者の衣をまとったみたいな格好」になる。そして戦争の真実の姿を発見するのだ。

するとまちがいじゃないのか？　こんなぐあいに、お互い顔も知らずに、撃ち合っていることは、禁じられてはいないのか！　こいつはこっぴどくどやされずにやっていいことの一部なのだ。それどころかまじめな連中から公認され、たぶん奨励されているんだろう、富籤《とみくじ》や、婚約や、狩猟みたいに！……何をか言わんやだ。僕は一挙に戦争の全正体を見抜いたのだ。童貞を失ったのだ。そいつを、そのあまの面を、正面から横顔から、存分に見きわめるためには、いまの僕のように、ほとんど二人きりでそいつと向かい合わなくちゃだめだ。僕らとむかいの連中の間で戦いに火がともされ、そしてそれはいまやすさまじい勢いで燃えていた！　アーク燈の中の、炭火と炭火の間の気流のように。そしてそいつは、炭火は、いっこう燃えつきそうにない！　いずれみなそこに飛び込んじまうのだ、大佐もほかの連中も、どれほど食えん面をしていようが、むこうからやってきた気流が肩と肩の間にぶち当たったとたんに、そいつの老いぼれ肉もおれと変わりない焼き肉になっちまうのさ。

細部

「神は細部に宿る」と言ったのが誰であったかには諸説があり、建築家であったとか図像学者であったとか言われる中に、フローベールの名がある。どこで言ったことなのか、または書いたことなのかを知らないのだが、なるほどフローベールならば言ったであろうと思わせるのだ。というのもこのギュスターヴ・フローベールは作品のために実に微細なことまで調査し、没個性的なまでに精密な描写をし、そのような細部にとりつかれて無駄な推敲を積み重ねたことで有名であり、調査や推敲はともかく精密描写については彼の「ボヴァリー夫人」でも「感情教育」でも、代表作とされるものを読めばたちどころにわかることである。なぜそんな書き方をしたのだろうか。

その前にまず、「神は細部に宿る」という言葉を考えてみよう。今ではたいてい手抜きすることへの戒めとして使われている言葉だと思うが、「手抜き」は「省略」の項で述べたように直接現代文学の書き手には使われない筈の戒めであろう。完璧なディテールが機能美と造形美と、そして完成度を高めるのは、あくまで建築や美術さらには音楽などであって、決して現代の文芸作品には当てはまらないように思う。もし細部に固執したように見える現代文学があったとしても、それが作品全体に敷衍《ふえん》されるようなものであってはほとんど見向きもされぬ筈だ。

しかしフローベールは、まるで古典的自然主義リアリズムの作家によっていくらでも試みられているような、作品全体に及ぶ細部に固執したわけではない。フローベールのしたことは、ディテールが必要とされた彼の時代の文学にとっても、彼に「写実主義者」のレッテルを押しつけなければならぬほどの文学史的断絶を齎したものだったのであり、それは二十世紀の批評の時代に入ってやっと「現代文学の出発点」とされるような新しさを持っていたものだった。微細な描写そのものが新しい試みだったのではないのである。ではどこがそんなに新しいのか。「ボヴァリー夫人」を読みながら検証していこう。

冒頭から、大胆な省略が行われる。シャルル・ボヴァリーの学生時代が、同級生の

「僕ら」という正体不明の語り手によって語られるのだが、そこではついでに彼の両親のことまで語られ、この「僕ら」というのは以後、姿を消してしまう。両親のこともあっさりしたもので、父親の方はフルネームで紹介されるのに母親の方は最後まで名前がなく、ボヴァリー老夫人と呼ばれるだけだ。シャルルが持つ帽子への異常なこだわりが詳しく語られる以外、多くの事柄はすっ飛ばして語られ、この省略にはそれまでの小説にはなかった現代文学的な迫力が伴っている。

本格的に細部の描写がなされるのは、シャルルが医師となり、主人公のエンマが登場するあたりからである。つまりエンマに関すること以外の部分は以後も省略され続けるのだ。シャルルがそれまで往診していたルオー爺さんの農場へ久しぶりに行き、農家の台所でひとり娘のエンマと再会する場面の細密な描写はこうだ。

ある日彼は三時ごろに着いた。みんな野良に出ていた。台所にはいったが、はじめエンマのいるのがわからなかった。窓の鎧戸がしめてあったのだ。鎧戸のすきまから差し込む日の光が細長い筋をいくつも石畳の上にのばし、その筋の先は家具の角でくだけ、また天井にちらついていた。蠅が食卓の上で、飲みさしのコップを伝ってのぼり、底に残ったりんご酒に溺れかけてぶんぶんいっていた。煙突から差しおろす日の光は暖炉の奥壁の煤をビロードのように光らせ、冷えた灰をほのかに青く照らしていた。窓と暖炉のあいだでエンマは縫い物をしていた。スカーフをしていないので、あらわな肩の上にこまかい汗の玉が見えた。

（山田𣝣・訳）

蠅のくだりはつい笑ってしまう。大藪春彦がその作品の中で、処女が野外で強姦される場面に「血だまりの中で蟻が溺れていた」と書き、その描写を気に入ったらしい彼が、他の作品で何度も使っていたことを思い出したからだ。面白い細部は読者が覚えているのだから、他の作品で何度も使ってはいけない。

さてシャルルとエンマは結婚するのだが、結婚式の様子は第一部の四全部を費やして、えんえんと紹介される。客の様子、宴会の料理、酔っぱらいのさまが微細に描写されるのだ。このような細部の描写は以後も、田舎の自然、農村のたたずまい、地方都市のありさま、人物の服装その他その他、ここまで書く必要があるのかと思うほど仔細に描かれるのだが、このような徹底した描写について朝比奈弘治は著書「フローベール『サラムボー』を読む」の中でこう書いている。「フローベールの想像力はまずひとつの生きられる空間を求め、その空間のなかに住みつこうとする。彼にとって、小説を書くということは何よりも、細部にいたるまであたかも現実の世界のように作り上げたひとつの環境をみずから『生き』、その環境をことばによって読者にも経験させることにほかならない」つまりそれほどの情熱があってはじめて、細部を書くことが文学では許されるということなのであろう。

それでも当然書かねばならぬと思われることの多くが省略されている。まだエンマと結婚していない時代のシャルルの家にはナスタジーという女がいるのだが、これは前後の文章から女中らしいことはわかるものの、ずっとあとになり、エンマつまりボヴァリー夫人にふてぶてしい返事をしたため解雇されてしまうことになってはじめて、この老嬢がシャルルの最初の患者だったことや、この土地ではいちばん古くからの知り合いであり、シャルルがやもめ暮しだった頃には毎晩のように話し相手になってくれたことなどが明かされるのだが、解雇されて以後この女中は最後まで出てこない。つまり省略したことが必要に応じて書かれるという現代性があちこちに窺えるのである。これは細部の描写によって、省略した部分を読者に気づかせないという効果にもなるだろう。男の子を欲しがっていたため、女の子が生まれることなどまったく考えていなかったエンマがお産をするくだりなどは、たった三行で片づけられる。

エンマはある日曜の朝まだき、六時ごろに分娩した。
「女の子だ!」とシャルルが言った。
彼女は顔をそむけて失神した。

つまり省略こそが、細部の描写を全体に敷衍しているかに思わせる「神」であり、またその逆でもあるのだ。

細部は何も描写ばかりではない。女たらしのロドルフから恋を打明けられたエンマが恋の悦楽に浸る場面には、こういう文章が登場する。

そしてエンマは、かつて読んだ小説の女主人公たちを思い出した。これら邪恋の女たちはどれもみな姉妹のように似かよった声をそろえてエンマの追憶のなかに歌いはじめ、その声はエンマを魅惑した。エンマ自身もこれら空想の女たちのれっきとした一員となり、こうして久しくあこがれわたった純乎たる恋の女に身を擬することによって、エンマは青春時代の、あの長かった夢を今ここに現《うつつ》となしえたのだった。

なんとここではこの作品自体と、この作品類似の作品群に対する歴史的言及がある。ジョルジュ・サンドへの言及などは同時代の作家への言及であり、これはもう、メタフィクションではないか。フローベールの現代性はまさにこうした細部にあるのだ。

共進会の日、お歴歴の居並ぶ壇上を役場の二階から高見の見物をするロドルフとエンマだが、実はロドルフ、ここでエンマを口説くつもりだったのだ。参事官のつまらない演説がえんえんと続くさなか、間欠的にロドルフの口説き文句が入る。十二ページもあるこの場面の半分以上が参事官のこんなお喋りだ。

「しかし諸君、農民諸君のすぐれたる理解力をそもだれが意外としましょうか。ひとり盲人のみ、あえて言うなら、旧弊なる偏見に救いがたくとらわれたる徒輩のみが、いまなお農民精神を認識しえないのであります」

読者はいつエンマがロドルフに口説き落されるかの興味を、この参事官の演説で何度も何度も中断させられる。まさに「妨害」であり「遅延」なのだ。この現代的な手法はさらに何度か使われて効果をあげている。エンマとロドルフは駆落ちをしようとするが、直前になってロドルフは心変りし、別れの手紙を作男に託してエンマに渡す。屋根裏部屋で手紙を読んだエンマは怒り、錯乱する。そのあと手紙をどこに置いたのか、エンマには思い出せない。それがシャルルや家の者に見つかれば破滅だということは読者もよく知っているから、以後この手紙の行方を気にし続けるのだが、フローベールも当然読者の心理を心得ていながら、物語の後半、まったくこの手紙には触れないのだ。

後半でエンマは、地方都市にいる恋人レオンと結ばれる。その日、馬車で村に戻ったエンマに、窓まで背伸びして女中が何やらご大層めかして告げる。急用だから薬屋のオメーのところへまっすぐ行けと言うのだ。オメーというのはボヴァリー家の面倒を何くれとなく見てくれている男だから、読者にしてみればあの手紙が発見され、エンマの浮気が皆に露見したのではないかと気になるところなのだが、ちょうどオメーは薬局見習生ジュスタンの落度をえんえんと叱り続けていて、エンマが横から「わたくしに何かご用が?」と訊ねても、「まあ、のちほど!」と言うだけで、興奮の発作に見舞われたまま約七ページ分、怒り、叫び続ける。読者はいらいらする。「妨害」または「遅延」のみごとな例と言えよう。だがこの「妨害」の中にも、のちエンマが自殺する際に用いる砒素《ひそ》の瓶のありかをさりげなく紛れ込ませている。

結局この時の急用とは、シャルルの父親の急死だったわけだが、エンマの浮気の発覚に関してはまたも先延ばしになってしまう。トルストイの「アンナ・カレーニナ」では、妻アンナの浮気が夫カレーニンに気づかれるのは比較的早いうちだが、この小説ではなんとシャルルがあの手紙を拾い、妻の浮気を知るのはエンマが死んだあとのことである。

この項目は「ボヴァリー夫人」論になってしまったが、言いたいことは、小説における細部とは、現代小説にあってそれは省略と緊密に組みあわされたものでなければ効果がないということだ。また、細部へのこだわりは作家によってさまざまに違った形をとるが、結局は作家自身がその細部への情熱を持っていなければならず、適当にこまかいことを散らして書けばいいというものではない。これに関しては次項「蘊蓄」で述べることにしよう。

蘊蓄

情報小説と呼ばれている一群の作品があって、これは個個の小説のテーマにかかわる情報を盛り沢山に書き込んだものである。これが退屈なのは、その情報というのが取材してきたことすべてを長ながと紹介するだけのものであったり、ひどい時にはネットからのコピー&ペースト所謂《いわゆる》コピペだけのものであったりするからだ。例えば推理小説で警察の機構つまり警視庁と警察庁の違いとか、階級制度であるとか、犯罪の手口とかを本筋に関係なくえんえんと紹介するといった類いの作品である。いかに緻密に調査してきたものであっても、こういうものは通常、蘊蓄とは言わない。単なる情報である。だから多くの情報小説は非文学的であり、文学作品よりは下位のものと見做《みな》されてしまう。

テーマに関係なくても、料理の作り方などをやや文学的に述べ立てているものも小説には多い。無論その中には真に蘊蓄と言えるものも含まれているから、書きかたにもよるが一概に否定はできない。料理で言うならば、池波正太郎の時代小説に登場する料理の数数だ。旧制小学校卒業後すぐに就職し、その頃から給料のほとんどを使い、気に入った店で食べたいものを食べてきた人であり、さらには江戸時代からの食材や料理法を知り尽して書いているのだから、他の作家にはまず真似できないのである。こういうものこそ小説に書かれて然るべき蘊蓄と言っていいだろう。つまり小説における蘊蓄と情報との違いは、作者がそれとどれだけ長期にわたり情熱をもってかかわりあってきたかどうかにかかっている。

インターネットのない時代、コピペに替わるものはといえば百科事典であった。グーグルでググったりするのとは違ってこれは各専門家が責任を持って書いているから今でもこれを利用している作家は多いが、してならぬことは、いかに引用されることが前提のひとつである百科事典からとは言え、一項目全体をまるまる引き写すなどのことである。ある作家は歌舞伎の演目のひとつについて、その筋書きをまるごと引用した。これがなぜ発覚したかというと、当然のことながら校正係というのは原稿に間違いがないかどうかを百科事典などで調べるためだ。

作家にとって披瀝できる蘊蓄が多いことにはたいへんな価値があり、誇るべき長所でもある。小生にとって残念ながらそんな蘊蓄を垂れることができるのはせいぜい映画に関することくらいであり、その程度の蘊蓄ならばもっと詳しい人はいくらでもいる。あとは断片的に文芸であったりスゥイング・ジャズであったり芝居であったりという程度。だから神が宿るべき細部にしたって、いちいちその道のプロにお伺いを立てなければならない。細部の蘊蓄でもって人を驚かせようとするならば、少なくともその道のプロにまでおっ、と思わせるようなものでなくてはなるまい。そのためには誰でも知ることができる情報ではなく、特別な情報源によるものでなければならぬ。

「富豪刑事」シリーズを書いた時には警察の機構を知るため佐野洋からさまざまな情報を得た。佐野さんは新聞記者時代にサツ廻りをしていたから、これほど推理作家向きの人はいないだろう。また同じシリーズで「ホテルの富豪刑事」を書いた時には、もとホテルマンの森村誠一から、他からは得られぬ貴重な情報を戴いた。夜間のホテル側のスタッフはどうなっているかを訊ねた時、「スケルトン・スタッフ」という呼称を教えてもらったのである。今まで推理小説とは縁が薄く、しかもSFというあまり情報を必要としない作品を書いてきた小生にとっては、そうした細部の蘊蓄で小説のリアリティを出す試みの最初のケースだった。

蘊蓄というものは本来、文学作品にあっては表現の多様性に奉仕するものでなければならず、エンタメ系の作品にとってはあくまでリアリティ乃至《ないし》面白さに奉仕するものでなければなるまい。蘊蓄が豊富であればあるほどそれは作品が最も必要とする部分だけを効果的に述べることによって、神の宿る細部となるであろう。経済機構のことを知る目的で城山三郎を読む人はいないのだ。

しかし蘊蓄を面白く読ませる技術を持つ作家について、これは当てはまらない。いい例が丸谷才一である。「女ざかり」にしろ「輝く日の宮」にしろ「持ち重りする薔薇の花」にしろ、時には一見本筋と関係なさそうに思える蘊蓄が登場人物や作者によって語られるのだが、これはごく普通の知識や知性を持つ読者にとっても実に面白く、しかもそこいら辺の専門書などでは享受できない、新しいモダニズム思想による蘊蓄だからこたえられないのである。丸谷さんに「文学のレッスン」というインタヴューによる著作があるが、その造詣の深さは驚くばかりであり、おれはこんな凄い人と平気で対談などで話していたのだと思うと慄然とするのであるが、よく考えてみれば話す以前からその凄さはよく知っていたのであり、蛇に怖じない盲である無謀さこそがおれの作家性であり小説家としての良さなのだと自分を慰めるしかない。

池波正太郎の例でもわかるように、蘊蓄の中で最も罪のないものは料理であろう。料理ならば誰だって興味を持っているし、誰でも味覚を刺戟されるからだ。小生に関して言えば戦後すぐ、まだ食糧事情の悪かった時代に読んだブラスコ・イバーニェスの「地中海」に出てくる旨そうな料理の描写にたまらなくなった記憶がある。この作家の作品は映画になったため「血と砂」が有名だが、「われらの海」という意味の原題「マーレ・ノストルム」は地中海の意味でもあり、主人公が持つ船もそう名づけられている。この船の賄方をしている「まひくつぶろ爺《とっ》つあん」が作る地中海料理たるや、主食材が米であるため尚さら当時のわが食欲をそそったのだ。

熱帯の諸港で、船員がバナナ、パイナップル、アグアカーテに食べ飽くと、米に鱈と馬鈴薯を炊きこんだ大鍋、または狐色の面に埃及豆の赤つ面と血入れ腸詰の黒い背中とを覗かせた蒸焼き鍋が歓呼で迎へられた。また、ある時は、北の海の鉛色な空の下でも、遠い故国を思ひ出させに、この賄方、寺臭いをかひじき飯や、蕪と隠元を入れた、ばた色飯などを食はせた。

『殉教者』サン・ビセンテとか、サン・ビセンテ・フェレールとか、寄邊渚の聖母《ビルヘン・デ・ロズ・デサンパラードス》とか、グラオの基督とかいふバレンシアの聖者達、これこそ、『まひ〱つぶろ爺つあん』に言はせると、天国の主だつた方々ださうだが、さういふ聖者の祭日や、日曜日には、湯気の立つパエーリャが現はれた。これは、闘牛場のやうに丸い大鍋で、充分にふくれた米粒を敷砂に、さま〲の鳥が五體を裂かれて、載つてゐた。賄方は一同を驚かしに生の玉葱の見事なやつ、眼に涙させる烈しい香を放つて、象牙のやうに白いのを分配《わけど》らせる。秘かに貯へられた王侯の奢とはこれだつた。拳骨をくれて割りさへすれば、固い身がすぐにはじけて、あとは、甘がらいパンのさく〱と音を立てるやうに、匙で喰ふ米飯と交はりばんこ、口の中に解けてしまふのだ。（略）

漁場の港に碇泊する時には、アバンダ飯を炊くといふ大それた贅に出でた。賄方の下働きがゝりで、船長の食卓へ、バタのやうに脂つこい魚が、伊勢蝦、浅蜊その他有りとあらゆる磯物と一緒くたに、さんざつぱら煮られた大鍋を持ち出す。賄方みづからは、黄ろくばら〳〵な飯を山盛りにした、大皿を持ちだすのが特別の名誉なのだ。

アバンダ（別炊き）の米は、粒々が鍋の出し汁に浸み切つてゐた。つまり、海のあらゆる滋味を含ませ切つた飯なのだ。祭壇の儀式でも行ふやうに、卓子《テーブル》を繞《かこ》む一人〳〵へ、二つ切りのレモンを行き渡らせる。飯は香ひ高いその露を滴らして後、初めて賞美されなければいけない。これこそは希臘の花園の大盤振舞ひを想ひ起させるもの、この美味を知らないのは海に遠い國の不仕合者ばかりだ。いゝ加減な米料理をアロース・ア・ラ・バレンシアーナ（バレンシア風米飯の意）と呼んで、平気でゐられるは、たしかに不仕合者で。

（永田寛定・訳）

イバーニェスの蘊蓄は料理だけにとどまらない。地中海沿岸各都市の歴史や港湾の風景や海洋の描写など、作者の地中海への思い入れが、本筋であるメロドラマとさほど変わらぬ分量で挿入されていて、まさにこれは全篇が地中海讃歌の叙事詩になっているのだ。ただし、主人公がナポリの水族館へ行くくだりはいただけない。上下二段組のえんえん十八ページにわたって魚介類の形態や生態、海底の捕食関係や物質循環に至るまでを書き尽しているのだ。小生さすがにこの部分だけは辟易して読み飛ばしたのだが、これなどは当時の市民を教育する目的の情報だったのかもしれない。何しろ書かれたのが一九一七年、こうした知識を得る手段を持たない読者が多かった時代だったのである。

連作

雑誌に掲載される、長篇でもなければ短篇でもないどっちつかずの作品が連続的に、または断続的に発表されていくという形式は、いったいいつから、何のために始まったのだろう。作家にとっては何ヵ月かおきの断続的発表も可能だから、ずいぶん楽でもあり、次回を構想する時間もできる。さらに出版社と作家の双方にとっては、長篇の体裁で本にすることもできる。そもそもは中間小説雑誌全盛期、作家があまりにも多忙なため、毎月の連載では原稿の入稿が遅れたり穴があいたりするので、断続的連載も可能な第一話、第二話という形式にしたのであったろう。また編集者にとっては、連作連載中という形で人気作家の原稿をある期間確保しておける便利な形式だったとも言えるだろう。そうした時代には小生自身もこの形式で「家族八景」「男たちのかいた絵」「富豪刑事」「旅のラゴス」などを書いている。

この連作という形式が純文学の雑誌にまで及んだのは、この形式に相応しい文学的手法が生まれたためだった。そもそもはジュリアン・バーンズの「フロベールの鸚鵡《おうむ》」が最初ではなかったかと思う。しかし、この作品は連作などではない。最初から長篇として書かれたものであり、多くの賞を受賞した傑作である。話題になり称賛されたのはその手法であった。「細部」の項で述べたフローベールという一筋縄ではゆかぬ作家について、十五の章にわけ、創作の形式で考察しているのだが、その各章が対象を周囲から囲繞《いにょう》するかたちになっているのだ。だからこの作品が得た多くの賞の中にはベスト・エッセイ賞などというものも含まれている。しかしこれは訳者の斎藤昌三が言う通り、あくまで小説なのである。「フロベールの鸚鵡」と題された最初の章には、こんな文章が出てくる。

書かれたものを読むと、これを書いた作家についてとことん知りたくなるのはなぜなのか？　なぜ、僕らは作家をそっとしておけないのか？　どうして、書かれた小説を読むだけで足りないのか？　フロベールが望んでいたのはまさにそのことであったにもかかわらずである。

ルーアンにあるフローベールの銅像を見たことからこの本の計画が生まれたという語り手は、まず最初の章でフローベールが持っていた鸚鵡の剝製から、ルウルウという鸚鵡を愛していた「純な心」の女主人公とその作者フローベールの類似点を考察する。次いで第二章「年譜」は伝記風のフローベールの年譜と彼の書簡の抜粋である。第三章はフローベールの姪のカロリーヌの家庭教師だったジュリエット・ハーバートに関する、嘘だか事実だかよくわからぬ往復書簡の存在についての話だ。フローベール研究家の間で問題になるこの女性とフローベールの関係についてすべてが明かされているという本人たちの往復書簡があったのだが、それは結局燃やされてしまっていて、という話。このように本業が医師であるジェフリー・ブレイスウェイトという頭文字だけが作者と同じの語り手が、フローベールに関するエピソードを次つぎと各章で取りあげていく。これは、そうすることによってフローベールという作家の総体に肉迫しようと試みた現代文学なのである。

日本において、この手法が連作という形式にぴったりであると思いついて実行した最初の作家は高橋源一郎ではなかったかと思う。高橋氏は「優雅で感傷的な日本野球」という連作を「文藝」誌に発表した。七章からなるこの作品は、日本野球というものを小説の形で、そのさまざまな側面から考察しようとしている。冒頭の「偽ルナールの野球博物誌」では、本の中から野球に関する記述だけを書き写す、過去に「偉大なバッターだった」男の話。本全体の内容や著者はどうでもよくて、中には野球のことを書いているようには思えない記述の中からもこの語り手は敏感にそれが「野球には複雑なサインがあるってことを書きたかったんだ」と思い、書き写すのだ。

次章「ライプニッツに倣いて」では、七十六打数三安打というおそるべきスランプに陥った四番バッターが、エース・ピッチャーからカントやライプニッツの理論を聞かされ、かかりつけの精神科医とムチャクチャな議論をする。第三章「センチメンタル・ベースボール・ジャーニー」の語り手は、第一章にも登場する少年である。「野球」が死語になった時代、精神病院から出てきた伯父さんから無理やり野球のことを教えられるという話である。文章はポップであり、内容はふざけている。どれくらいふざけているかは、次の文を読めばおわかりだろう。

さて、野球でいちばん大切なのは何かということだが、それは**インチキ**なんだ。これができなければ野球選手としてとても一人前とはいえない。

インチキにもいろいろあってね、例えばピッチャーならバックルの裏にヤスリを隠したり、帽子のひさしの下にグリースを塗ったりしてボールに細工する。古来、優れたピッチャーはみんなそうやって**インチキ**に精をだしてきたものだ。コミッショナーやルール委員会がどんなに脅迫しても、ボールになにかをこすりつけようというピッチャーの情熱を挫くことはできなかった。古代のピッチャーは主に汗や唾をボールになすりつけた。お前にはわからないかも知れないが、なすりつける液体の粘性が高いほどボールに微妙な変化が生まれるんだ。だから、ピッチャーは汗や唾だけでなく、身体から分泌するものならなんでも利用したな。血、脂肪、痰、洟汁、耳垢、小便、大便、精液。試合が始まるとどのピッチャーも観衆の目の前で、隠したカミソリでグローブの中の掌を切ったり、ニキビを潰したり、手で洟をかんだり、気づかれないようにマスターベーションに励んだものだった。もちろん、試合中に出血多量で死んだりするピッチャーも多かった。名誉の戦死というわけだ。でも、そんなことを恐れるピッチャーなんか一人もいなかった。バッターたちも、口ではピッチャーたちに向かって『弱虫』とか『へなちょこ』とか野次をとばしていたが、心の中では尊敬していたよ。もっともバッターの方も大変だった。なにせ、ボールと一緒に血や小便や精液が飛んでくるんだからね。年中身体はべとべとさ。たいていのバッターはゴーグルをかけてバッターボックスに入ることにしていたが、二、三球ボールを見逃すと液体がべっとりついて何も見えなくなってしまった。

この作品は第一回三島由紀夫賞を受賞した。ふざけた作品が嫌いな宮本輝が「この人、野球ちうもんを本気で考えようとしてはりますわ」と言ったのが決定的だったと思う。とにかく他の文学形式の束縛から抜け出すために現れた新しい、もっとも自由な形式であるがゆえの収穫だった。高橋源一郎はこれ以後も批評性の強い小説やエッセイを数多く連作し、いまでもポップ文学の旗手である。連作という形式が体質に合っているらしく、彼は最近の「さよならクリストファー・ロビン」という「新潮」における連作でも、同じ手法で「お話」というフィクションの本質に肉迫している。

「優雅で感傷的な日本野球」が文庫本になった時、高橋氏はあとがきでこんなことを書いている。本来はフィリップ・ロスの「素晴らしいアメリカ野球」を読んだのがこれを書くきっかけだったそうだ。しかしその後、「優雅で感傷的な日本野球」が翻訳された時、それをジュリアン・バーンズに見せ、感想を聞いている。バーンズは答えたそうだ。

「非常に面白い。だが」とバーンズは言った。「問題が一つある」

「なんですか？」

「ぼくは野球を知らないんだよ」

連作はまた、長篇小説の形式に縛られることなく、ひとつのテーマを追究することのできる形式である。テーマがばらばらであっては短篇集になってしまう。まったく別の話であっても、連作は必ずメイン・テーマのもとに書かれなければならないだろう。

連作という形式であるテーマを追究する手法には未周知のものを含めていくつかあり、例えば何かの本質を周囲から求めていくというのではなく、今までの作品から離れたある別の着想だけをひとつにまとめるということもできる。例えば本谷有希子の「嵐のピクニック」はもともと「群像」に一挙掲載された連作だったのだが、これは演劇人である著者が、演劇では表現しにくい作品や小説でしか表現できない作品ばかりを集めたポストモダンの短篇集として本になっている。エンタメ系の作品では探偵譚や捕物帳や言行録や道中記や事件帳や年代記のように主人公たち、または舞台などを決めて、第一話第二話の形式でエピソードを集積していくことが圧倒的に多いのだが、エンタメ純文学にかかわらず可能性の多い形式であることは確かである。

文体

文体というものは作品内容に奉仕するものである、と小生は思っている。これは純文学の作家に多いのだが、自伝的な作品ばかり書いていて自分の文体を練りあげていくタイプの作家の場合も、その練りあげられた文体が作品内容に奉仕しているのである。同じ文体に見えてもそこには進歩があり洗練があるからだ。

作品内容ががらりと変わっても、依然として同じ文体を維持し続ける作家もいる。その文体でしか書けないのかもしれないし、おれは自分の歌い方で歌うしかないのだと主張しているのかもしれない。この場合は文体によって逆に作品内容が微妙に変化しているのだろうと思う。どんな内容にも適合する文体というのは、ちょっと想像しにくいからだ。ついでながら言うと、今、文学の最前線では、何を書くかよりもどう書くかが重視されている。そんな中にあって、例えば山田詠美のいくつかの作品のように、一方で純文学作品を書いていながら、これはエンターテインメントとして書こうという決意で書かれた作品もまた、どう書くかという選択肢のひとつの成果であったろう。

小生の場合、作品によって文体を変えている。この話はこの文体で書くしかないと最初から決めて書き出すのだ。エンタメ系の作家に多いタイプだが、もちろん純文学系の作家の中にも昔から多様な文体を使い分けている人がたくさんいる。小生は本来あまり器用ではなく、小説を書き始めた当初は文体などというものさえ持たない、視点が滅茶苦茶な文章を書いていた。ある人に指摘されて「乾いた文体」が自分に向いていると知り、さらにそれを一人称で書けばまず失敗はしないと悟り、ヘミングウェイなどの文章を手本にして書いているうち「おれ」を主人公にしたドタバタSFで定評を得ることになった時にはすでに三十歳だった。スラップスティックが乾いた文体に向いていたということもあったろうが、このあたりの苦心談は何度も書いているので割愛する。

しかしSFである以上は毎回異なったアイディアである必要があり、その中にはとても乾いた文体では書けない情緒的なアイディアもあり、一人称ではとても不可能な神の視点を必要とする大きなアイディアも出てくる。次から次と新たなテーマや物語に挑むうち、さすがに熟練してきて三人称やいろんな文体でも書けるようになり、ついには「筒井康隆は作品ごとに文体を変えている」とまで言われるようになって大江健三郎までがそんなことを言い始めたのだったが、いくら何でもそれほどのことではなく、勿論、似たテーマや内容ならがらりと文体を変える必要はまったくない。

そんな評判のせいだろうか。このエッセイの担当者である須田美音が「筒井さんの書いた作品みたい」と言って推薦してくれたのがレーモン・クノー「文体練習」である。クノーは小生も選考委員を務めたことのあるドゥマゴ文学賞の、フランス本国における第一回の受賞者ということでなんとなく親近感を持ち、渡仏した時にはこの賞の発祥の地であるカフェ、ドゥ・マゴを訪れたりしたものだったが、あいにく作品の方は映画化された「地下鉄のザジ」を読んだだけだった。ところが水声社からレーモン・クノー・コレクションというものが発刊され、「文体練習」をはじめ次つぎとクノー作品が翻訳されて、小生も遅まきながら「わが友ピエロ」や「人生の日曜日」など、クノーの傑作と親しむことになる。このコレクションの発刊期、実は小生水声社から推薦文を依頼されたのだが、何しろ前記のようにほとんど読んでいないので恥ずかしながら辞退したのだった。

「文体練習」もまた、噂でその面白さは知っていたのだが、読むのは今回初めてだったのである。だから四人の翻訳者による今回の翻訳を今まで出た翻訳と比較することはできないのだが、これが大変な労作であることは断言できる。ある単純な物語を、文体を変えて九十九通りの章にしているのだが、中には絶対に翻訳不可能と思われる文体もあり、フランス語に混って英語が出てくるなどというものまである。これを「英語な漢字」という章でちゃんと翻訳しているのだ。

この物語の基本形というものはなく、さっそく第一章から「覚え書」という文体練習になっているのだが、これをそのまま紹介するのも芸がないので、初めの方のいくつかの章から基本形と思われるものを抜き出し、小生の初期のハードボイルドめかした文体でやってみる。尚、クノーはハードボイルドの文体ではやっていないので、これは「文体練習」に付け加え得る章になるのかもしれない。

昼ごろ、おれはシャンペレ行きのバスに乗った。バスは鮨詰めで鰯の缶詰みたいだったから、おれは外側のテラスに立っていた。間抜け面をした若者が、誰かが下車するたびにあんたは自分を押したり突いたりすると隣の男に文句をつけた。編んだ細紐をリボン代りに帽子に巻きつけた首の長い若者だ。気難しいくせに臆病なやつで、そう言い終るなり空いた座席の方へすっ飛んで行った。

その二時間後、おれはこの若者をサン＝ラザール駅前でまた見かけた。今度は友人と一緒だった。その友人は、彼にこう忠告していた。「お前のコート、ボタンをもうひとつつけた方がいいぜ」

ただこれだけの話なのだが、これが第二章の「二重でダブル」になると重複言語ばかりが登場する。「昼ごろ」というのが「一日の真ん中そして正午のこと」になり、「公共交通自動車あるいはバス」「はちきれそうにぎゅうぎゅうでほぼ満員のすし詰め」「そのとき目で見て目撃したのは」といった誤用だらけのしつこい文体になる（福田裕大・訳）。第三章「言外の意味」は表現を控えめにして文章を切り詰めた曲言で書かれている。「間抜け面をした若者」が「あまり聡明ともみえぬ若い男」になるわけだ（松島征・訳)。以下、「喩えていうと」は隠喩ばかりの文章となり、「巻き戻し」はボタンをもうひとつつけた方がいいという友人の忠告から始まって話が逆に物語られ、「びっくり仰天」はやたら「!」マークの多い大袈裟な文体で語られるという趣向だ。

小生が感心したのは「正確に」という、まるでロブ＝グリエのパロディみたいなやたら数字の多い章、「もうひとりの主観」の大阪弁、おれが昔「脱走と追跡のサンバ」でやったような報告書の文体で「公的書簡」、取調室とか法廷が舞台と思われる会話だけの「尋問」、これらはいずれも自分が作者だったら当然やっていただろうと思える着想ばかりだから感心半分に納得半分だった。その他「ソネット」「電報」「リポグラム」「ギョーカイ用語」「めちゃくちゃラテン語」など、ずいぶん変梃《へんてこ》なおかしいものが並んでいる。圧巻は「子音を交換」の章であり、こんな具合だ。

ある詩の兵庫ごろ、滓《かす》の胴部ベッキで、明かりにもルビが中いおとごが、真美ヒモを売女申しをかくっているのを見ばけた。卒然といつが、しぶんのあふぃをじゅんでいたと、ときゃりの泣くに向かってほなりだじめた。

(河田学・訳)

巻末には翻訳メンバーである原野葉子の懇切丁寧な章ごとの解説があり、これを参照しながら読んでいけば、例えば滅茶苦茶と思える文章の意味や原作者クノーの意図もなんとかわかるのである。

このようにクノーの「文体練習」はどちらかと言えば過剰なユーモア感覚と知性による言葉遊びという趣きのものが多く、真に文体練習と言えるものは「過去（モノローグ）」「現在」「終わった過去」「終わらない過去」その他いくつかに過ぎない。だがこれらとてフランス語における複合過去や単純過去や半過去などのことであって日本語の時制とは異なっている。結局言えることはこの作品の本当の面白さはやはり、フランス人を含めたフランス語に堪能な人にしかわからない、ということになるだろう。そしてもし日本語による「文体練習」を書こうとするなら、そもそもの内容である基本形を日本語の文体練習用に作る必要があるとも考えられるのだ。

そんなこと言うならお前が書いてみればどうなんだと言う人がいるかもしれない。実に面白そうであり、やってみたい気持はあるものの、小生にはとてもそんな能力も根気もないのが残念だ。無論いくつかのアイディアはあり、それは例えば「歌舞伎風に」とか「ジュヴナイル又はライトノベル風に」とか「枕詞だけで」とかいったものだが、結局はクノーの「文体練習」にいくつかつけ加えただけの代物になりそうな気がする。

おそらくはクノーに触発されてだろうが、高橋源一郎「国民のコトバ」は日本語で書かれた面白いことばを蒐集していて、それは「『萌えな』ことば」「『官能小説な』ことば」「『相田みつをな』ことば」「『人工頭脳な』ことば」「『VERYな』ことば」「『幻聴妄想な』ことば」「『罪と罰な』ことば」「『漢な』ことば」「『洋次郎な』ことば」「『棒立ちな』ことば」「『ケセンな』ことば」「『クロウドな』ことば」「『ゼクシィな』ことば」「『こどもな』ことば」「『オトナな』ことば」の十五章になっていて、著者が作ったそれぞれの文体のサンプルもある。「おまけのことば」として政治家のことばを取り上げたりもしている。なるほど現代日本における代表的文体はこのように選択されるものかと納得させられるのである。

人物

通常、小説内に人物が登場すれば、その人物の名前なり顔立ちなり風采なり性格なりを読者は前景化する。前景化とは、初めてお目にかかるその人物に読者が肉づけをして記憶にとどめようとすることだ。その次に別の人物が出てきてその人物に話が及べば、読者はこの人物を前景化しようとする。そのため、それ以前に出てきた人物はやや後景に引っ込んでしまい、次に話が及ぶまで彼のことはなかば忘れられている。最初の人物と第二の人物が会話を始めたりすれば、これはもうどちらも前景化されたままということになり、両方とも忘れられることはない。また次の人物が出てくれば、読者は先の二人をなかば忘れてこの人物を前景化する。これは読者に登場人物たちを紹介してゆく基本的な技術と言えるだろう。エンターテインメントにおいて読者に親切であろうとすれば、これは守らねばならない心得と言える。これを心掛けていさえすればあとあといくら多数の登場人物が出てきても読者にさほどの混乱はない。

これが文学になってくると、こういう読者サーヴィスはぐっと少なくなる。時にはディケンズのように「読者は以前に登場したこういう人物のことをご記憶だろうか」などともう一度説明したりする親切さがあったりもするのだが、だいたいそんな読者への奉仕など文学に無用のものであり読者に阿るものだとする風潮は古典から現代文学にまで続いている。古典の代表例としてトルストイ「戦争と平和」（工藤精一郎・訳）を見てみよう。第一部の1では、女官アンナ・パーヴロヴナ・シェーレルが自邸で催す夜会へいちばん先にやってきたワシーリイ公爵と交す対話があり、その中でナポレオン・ボナパルト、アレクサンドル皇帝、皇太后マリヤ・フョードロヴナ、ノヴォシリツォフ、ヴィンツェンゲローデ将軍、モルテマール子爵、フンケ男爵、ラファテル、ワシーリイ公爵の二人の息子イッポリトとアナトーリ、ボルコンスキイ公爵令嬢、リーザ・マイネン、クトゥーゾフ将軍の副官、などの名前が話に出てくる。文庫本で十二ページもあるから、それぞれの関係も説明されているのでどうにかわかり、ここまではまあ誰にでも我慢できるだろう。

これが2以降になるといよいよアンナの客間には客が集り、夜会が始まる。1で名前の出てきた人以外で登場する人、話題になる人はワシーリイ公爵の娘エレン、アンナの伯母、ベズウーホフ伯爵の庶子ピエール、アンガン公、女優マドモアゼル・ジョルジュ、アンドレイ・ボルコンスキイ若公爵、ゴリーツィン公爵、ルミャンツェフ、ドルベツコーイ公爵夫人、ミハイル・イラリオーノヴィチ・クトゥーゾフ将軍、ボリス、ルイ十七世、エリザベス。ここまでで主役のピエールとアンドレイは顔を出すものの、ヒロインのナターシャはまだ出てこない。会話に出てくるだけの人物にしても、あとで登場する可能性があるのだから記憶しておかなければならない。面倒臭くなってだいたい多くの読者はここいらあたりで投げ出してしまうもののようだ。しかしこれ以後も登場人物はどんどんと増え続けて、ついには五百人に及ぶのである。確かにそれぞれの説明や人物描写はある。しかしそれはとても前景化され得るようなものではない。ひたすら作者が例えば当時の夜会を活写しようとして、もちろんすべての人物の造形は作者の中で確固としているからそれを誠実に描写し続けているのだ。ではそれを享受するために読者は何をすればよいのか。

読者が登場人物のリストを作成するという楽しみは、実にこのような大河小説のためにこそある。そして人物の関係がややこしくなり目当ての人物の所在がわかりにくくなれば時おり改めて書き直したりする楽しみも、ほんとに小説が好きでたまらない読者ならよく知っている。人物の書き分けや配置に悩んでいたりする作家志望者にとっても勉強になるのだ。そして何よりもこうした作業によって作品世界がより深く理解できることは言うまでもない。

これがエミール・ゾラの「ナナ」になってくると第三章では、ほとんど説明も人物描写もないままで多くの人物が次つぎとサビーヌ伯爵夫人のパーティにやってくる。登場人物が約二十人、話題になる人物がビスマルクを含めて二十四人。第四章は舞台をナナの家に移してまだパーティは続き、第三章と重複しない新たな人物がさらに二十数人出てきて、その中には「例の老紳士」などまだ名前さえつけられていない人もいる。さらにここではあきらかに重要でないと思える人物も約三十人出てくる。ゾラ的なリアリズムにあっては、実際のパーティがそうであるようにメンバーのひとりひとりについての背景は示されないままで話が進行していく。現実をモデルにしているから、われわれがパーティにおいて多くの人物をすべて理解し得ないのが当然であるように、ここでも人物たちはパーティの雰囲気醸成と舞台装置と音声効果のためだけに登場しているかのようなのだ。だからと言ってそのつもりで漫然と読んでいると、誰かの会話の中に出てきただけの人物が、その何十ページかのち、パーティ以外の場面で何の説明もなく登場して話し出すなどのことがあるから、まったく油断できないのである。

こういう状況を描くことでゾラは読者に何を伝えようとしているのか。現実のわかりにくさ、ややこしさを教えているのか、われわれが現実のパーティへ行った時のように未知の多くの人を一度に知ろうとする緊張感を読者にも強制しようとしているのか、人間個人はどうでもよく、誰が何をしているのかわからないごった煮のような錯綜した状態そのものを書こうとしているのか、読者によって読み取りかたはさまざまだろうが、このような描写の方法がわれわれに本を投げ出すよりも興奮させる効果をより多く持つことは確かなのだ。人物のリストを作っている読者も、ここであきらめることなくむしろ大喜びで、パーティ出席者だけをひと括りにして書くなどさまざまに工夫することになる。

はっきりと言えることは、ここまで多数の人物を登場させなくても、登場人物が多ければ多いほど物語は必ず大きくなるということだ。小生もまた、話を拡げるためトルストイやゾラに倣い「朝のガスパール」という長篇の中でパーティを開かせている。説明も描写もなしに登場させた人物も何人かいる。あいにくこれが読者参加型の新聞連載という試みだったためにさんざんな不評を買い、のちにパーティ出席者のほとんどを大陸間弾道旅客機事故で一挙に死なせてしまうという暴挙に出たものだ。無論なかばは作者の意図による暴挙であり、読者参加という形式であれば当然これくらいの無茶苦茶な事態はあり得るのだという主張も籠められていたのだったが。

現代文学では阿部和重の「シンセミア」という、文庫本二冊に及ぶ大長篇がある。ここでは著者が一部読者の楽しみを奪って自身の楽しみにしてしまっている。つまり登場人物のリストを自分で作って巻頭で公表してしまっているのだ。その数六十名だが、無論作者にも言い訳はあろう。神町というひとつの町全体が舞台となるため登場人物が多く、作者にしてみれば読者サーヴィスとしてやったのだという言い訳である。だから町の地図までが記載されている。町全体が舞台となるのは小生自身も「銀齢の果て」でやったことがあり、冒頭に地図を載せているがこれを作成する時もなかなか楽しかった。では人名リストを巻頭に載せることによって人名リスト作成が大好きな読者の楽しみを完全に奪ってしまったかというと、そうも言えない。人名の下には「誰某の妻」とか「神町交番の警官」とか「神町青年団の一員」などと書かれているだけなので、それがどんな性格のどんな役割を受け持つ人物でお互いの関係性がどうなっているかはすべて読者の前景化能力に委ねられているのである。

この作品の場合、人物リストの効果はもうひとつある。とにかくこの長篇には主人公と言える人物がいなくて、全員が神町という悪の巣窟のような恐ろしい舞台を形成しているのであり、まともな人物、善良な人物がひとりも出てこないのだ。いわば悪漢小説とも言えようが、非日常的な悪の世界にのめり込んでいきながら時おりリストを見返すと、そこには悪いやつの名前ばかりがずらりと勢揃いしているという按配なのである。あきらかに読者を圧倒して作品世界の悪に没入させようという意図がここには働いているようだ。

この章の「人物」というタイトルから、人物の描写について書かれた項目であろうと思って読まれた読者もおられようが、登場人物の描写というのは創作の根幹に近い重要な要素であり、そんな膨大なページ数を要する大切なことを特に改めて書く気はない。言うなればそれはこのエッセイ全体にわたり、各章と関連してあちこちで述べられている筈のものだ。最初に言ったようにこれは教科書でもなければ何なに読本の類いのものでもないのだから、例えば人物を描写する技術を得ようとして「人物」の項目を開くなどはいささかお門違いではなかろうか。ひとつだけお教えするならば、奇妙な人物ばかりが登場する小説を書こうとする場合、是非読んでおくべき作品は、大江健三郎「同時代ゲーム」であろう。特に登場人物のリストがなくても、前景化しようと読者がさほど苦労することもなくすべての奇怪な人物が次つぎと頭に入ってくる技術はやはりたいしたものであります。

視点

「文体」の章で述べたように、初めて小説を書こうとする若い人たちと同じで、小生もまた「視点」という小説の技術を持たなかった。この文章の語り手は誰なのか、主人公なのか作者なのかどちらでもないのか、作者だとしたらその作者はどこにいるのか、物語の中にいて主人公に密着しているのか、物語の外にいて神様のように物語世界全体を見渡し続けているのか。そんなことを何も考えないままで書き出し、何百枚も書き続けてしまったのだから、これは確かに小説のていをなしていない代物だったに相違ない。

通常は一人称か三人称かを決めてから書き出す。そしていったん決めた人称は同じ作品の中でころころ変えちゃいけない。変える場合は章を変えるとか、語り口をあからさまに変えて人称が変わりましたよと暗黙のうちに教えなきゃいけない。人物についても同様である。語り手がころころ変わったのでは今誰が語っているかわからなくなるから、章を変えたり語り口を変えたりして複数の登場人物に語らせる。作者が登場人物に寄り添って語り手をつとめている場合も同様だが、このあたりはまあ、作家になろうというくらいの人なら常識と言っていいだろう。ウェイン・C・ブースという文学の理論家は語り手を「劇化された語り手」と「劇化されていない語り手」のふたつに分類しているが、たとえ「劇化されていない語り手」といってもそれはやはり舞台監督であったり「無関心な神」のふりをしていたりする「内在する作者」なのだから、だいたい読者は常に作者を意識しているのであり、したがって語り手というのはすべて劇化されていると思っていいのではないか。

人称が変わり、語り手が変わるということは、即ち視点が大きく移動することである。小さな視点の移動というのは例えば主人公が対象に近づいていく過程を表現したり、語り手が過去へ戻り、そこから現在を眺めたりするなどのことだが、例えば主人公が物語の中にいながら、突然神の視点に立って作品世界の全体を見渡し何か言いはじめるというのは掟破りとされる。しかしこうしたこともまた常識。

こうした常識を破ろうとする実験も多くなされている。ただしこれはあらゆる技術で多くの作品を書いてきた相当の手練れでなければなし得ない技だ。読者の中には「この筒井康隆という作家は、きっと『おれのような手練れ』と言いたいのだろう」と思われる方もおられようが、実はその通り。だがそれはまたあとの話である。それを書く前におさらいとして、それぞれの視点でもっとも多く書かれている小説四種類をごく簡単に分類しておこう。おそらく次のようになる筈だ。

一、主人公が語り手で、物語の中にいる。

このいい例がハードボイルドであり、彼は自分の体験と思考と感情しか語らず、他人の思考や感情は想像でしか語ることがない。

二、主人公が語り手で、物語の外にいる。

主人公が過去を振り返り過去形で語っている場合などで、現在だから知り得た自分の周囲の世界のことも語ることができる。

三、語り手が物語の中にいる。

語り手が主人公に密着している場合であり、その行動・思考・感情を描写し、それを論評したりする以外にも、他の登場人物の行動・思考・感情を描写したり、それを論評したりもできる。中には「ライ麦畑でつかまえて」や「失われた時を求めて」のように、自分が作者であることを意識している主人公さえいる。

四、語り手が物語の外にいる。

もっとも多く書かれている三人称の小説であり、これは全知全能の語り手だから、いわゆる神の視点を持っている。時には未来に起ることを予言したりすることもできる。「彼がこの時そうしていれば、のちの悲劇はなかったろうに」などとゴシック・ロマンなどでよく使われる、エンタメ系の小説に多い視点だ。無論純文学とて「戦争と平和」のような大河小説はこの視点でなければ書くことはできない。

デイヴィッド・ロッジはヘンリー・ジェイムズが視点の操作に関して名人級だと言っているのだが、彼が推賞する「メイジーの知ったこと」という作品の始めの部分は、不倫をしている大人たちの行動を理解できない子供の視点で書かれていて、しかもその純粋無垢なメイジーの視点からずれることなく、大人たちの言う言葉を利用して、現に何が起っているのかを正確に表現しているのである。しかもそれを、とても子供が書いたとは思えない成熟した大人の文体で書いていて違和感がないのだ。こんな芸当はなかなか出来るものではないのだが、定型を守り掟にも触れない視点で書かれていることには間違いない。

さて、現代においては、このような視点の定型による小説いずれもを繰り返し書いているうち、作家によってはだんだん定型に飽き足りなくなってきて、掟が鬱陶しくなってくる。特に章を改めることもなく、同じ段落の中で時には作家として語り、時には主人公になり、時には両者を混同させたり、時には第三者になったりして、自由間接文体の定義を大きく広げ、もっと自由自在に書けたらどんなにいいだろうなどと思ったりする。読者が混乱しないなら、それでもいいではないか。作者の追求したいことさえ判然としているなら、視点が変わったからといって読者の感情的な混乱、また突然反社会的な人物の視点となった場合も、倫理的な混乱はないのではないか。

これをやろうとしたのがわが最新作の長篇「聖痕」である。いわば小生のいちばん新しい実験、と言えるだろう。まずは「濫觴」の項で書いたような冒頭部分の最初の段落は、これが主人公の言葉であることを示しているのだが、擬古文で書いているし過去形なので、なんとなく気難しげな主人公が過去を振り返っているか、いささか気取った作者がそんな主人公を演じているのであろうということを示しているのだ。だが次の段落になると、生まれたばかりの主人公が居心地のいい母親の胎内から自分をこの汚らしい現実に引きずり出した産科医たちに怒りまくっているのである。当然ながらそのことばはとても赤ん坊のものとは思えないわけであり、勘がよく、小説を読み慣れた読者ならばここで、この作品はひたすら作者自身がいろんな人物に憑依《ひょうい》し、時間を自在に往還するていのものであろうと予測するだろう。

だがもちろんそれだけではない。次の段落こそ最初と同じ擬古文の過去形になるが、その次の段落ではなんの説明もない老若男女の声が入り乱れる。鉤括弧もつけていない。語りかける口調だし葉月の奥さんという言葉もあるから、これはこの子のことについていろんな人物が母親に感想を述べているのであろうということはわかる筈である。そして会話に鉤括弧をつけないという形式は最後まで踏襲され、特に長くて重要な科白のみ二ヵ所だけ鉤括弧が入る。

次の段落は普通の三人称過去形であり、語り手は主人公に寄り添っている。だがその次からは五歳の貴夫の口調による意識と大人になった貴夫の語りと語り手の語り、さらには犯人の言葉と意識が入り乱れるのだ。このような書き出しで読者を驚かせようとしたのだったが、たいていの人には理解可能だったようで、身近な人はみな面白がってくれ、難解なので投げ出したという人は二人だけだった。そのひとりは普段小説など読まないと思われるわが担当医であり、たまたま新聞にクライアントが連載を始めたから読んでみたというだけだったようだ。しかし相当なインテリであることには違いなく、ここからわかることは小説の読解力はインテリジェンスとほぼ無関係であろうという結論だ。あちこちで書いていることだが、今まで小説を読んだことのない例えばノーベル化学賞受賞者といった天才が、突然クロード・シモンを読んで理解できるわけはないのである。しかし通常の読者であれば、しかも「朝日新聞」を読んでいるという読解レベルの高い読者であるならば必ずや理解可能であった筈だ。

面白く読んでいるという声を多く耳にして自信を得、さらにさまざまな実験をした。すでに読者が知っている何人かの人物による会話を鉤括弧なし、段落なしでぶっ続けに書くなどのことは無論である。これに加えて枕詞や古文の数を徐徐に増やしていくなどのこともやった。単語の反復や羅列も何ヵ所かでやっている。こうした実験はやはり、多くの作品を書いてきた自分の、今まで身につけてきた読者の読解力に対する理解があってこそであったと思う。ここまでなら小説読みに理解可能であろうとする判断は、それぞれのレベルの読者を想像することができなければ成り立たない。そしてこのような実験という意図がなくても、多くの作品を書いてきたベテランの作家であれば、ほとんど意識せずに書いてしまっていることもあるだろう。

主人公の考え方さえはっきりしていれば、つまりそれをこそ作者の書きたいことなのだとわかっていてもらいさえすれば、どんな書き方をしてもいい筈だと思っていたのだが、さすがに、視点の移動のために小説のテーマを誤解されたりもした。主人公と語り手をごっちゃにし、これはつまり作者を誤解するということだが、最後に自らの性器を奪った犯人を主人公が許したことに怒った読者もいたのである。こんな犯人をなぜ許したのか。少なくとも警察に突き出すべきではなかったか。許したりすればまた同じ罪を犯すかもしれないではないか。そんな投書を貰ったりもしたのだ。これはあきらかに主人公と作者をごっちゃにしているのであり、この誤解を解くには作者自身が語り手となって、社会人であれば当然誰でもがそうすべきところだが、主人公はそういうことに無関心な反社会性を持っているのだし、警察に訴えれば返してほしい切断された性器が証拠品として押収されてしまうし、何よりも相手はもう七十歳で再犯はあり得ないとする判断をしたのである、などと説明しなければならない。やはり実験というものには結果さまざまな誤解が伴うようだが、同じ実験を似たような小説でもう一度繰り返して見せ、誤解を解くつもりもないので、これは似たような実験をしようとする人によってその都度改善していただけるものと思っている。

妄想

理想、思想、空想、構想、予想、夢想、幻想、奇想、追想、人が心に想像するところのものはさまざまな名で呼ばれているのだが、小生、小説を書く者にとっていちばん大切なものは妄想ではないかと思うのだ。妄想というのは時には猥想などとも言われるように性的な空想だけと思われ勝ちだがなかなかさにあらず、すべての想像の根幹にあり、着想と言われるもののすべてはここから発するものではないかとさえ思う。

妄想が軽蔑されるのは、多くの人が自身の妄想を顧みて自分で恥ずかしくなるからだ。最初に述べたさまざまな想像とこの妄想の異なるところは、たいてい人に言えば笑われてしまうような「くだらない」「馬鹿馬鹿しい」「いじましい」「子供っぽい」「けち臭い」「いやらしい」そしてある時には「おぞましい」「忌わしい」内容だからであろう。だがいい小説を書きたいと願う者にとって妄想は必ずしもそうではない。妄想が頭に浮かんだ時たいていの人はこれを否定的に捉える。そして忘却の彼方へ置去りにしようとする。それはつまり「こんなことはいい大人の考えることではない」「社会人がこんなことを考えては恥ずかしい」「自分はもっと高尚な人間なのだ」「人に言えないようなことを考えてはいけない」などの自戒によるものだが、文士はそのような束縛からは無縁である筈なのであり、子供っぽさも必要だし反社会性も必要、低劣さも必要、恥をかくことだって必要なのである。だからこそ、脳内に浮かんだ妄想を捨て去ろうとせず、この妄想の正体は何かとどこまでも追及し、この妄想の根源まで行き着きたいと追求し、もっと面白いことが考えられる筈だとことん追究するべきなのだ。だから例えば童女の性的虐待の一場面が頭に浮かんだとしても、考えるだけであれば罰せられることがないのを幸いとしてあまりのおぞましさで嘔吐を催すまでにその場面を細かく想像し、その前後の身の毛もよだつ顚末を考え続けなければならない。

だがこのような、メモをとることさえ憚られるようなことを、何もそのまま原稿用紙に書かなくてもよいのである。万一その原稿が発表されたら警察に引っ張られる怖れもあり得るのだから、考え尽したあとは考えたことを、いや考えたことがあったことすらいったん忘れてしまうこともまた肝心だ。妄想は妄想だけのことはあり、そのまま作品または作品の一部には絶対になり得ないと思っておいた方がいいだろう。

あきらかに妄想の産物と思える小説もあって、それは例えば江戸川亂歩「蟲」である。美しい人気女優を殺してその屍体を持ち帰るなどは男なら誰しもがある程度は想像するものだが、主人公にここまで細密に計画を練りあげさせ実行させるまでの妄想力と文章力は常人にはないわけで、だからこそ文学的猟奇小説として発表可能だったのだが、戦前のことでもあり、当然のことながら発禁になってしまった。悪事への妄想力はこのようなミステリーや悪漢小説に欠かせぬものだが、ここではもう少し小説全般のこととして妄想を考えてみたい。

何度か書いたことだが、だいたい妄想には実にアホなものが多い。どんなアホなものかということは、あなたがパチンコをしている時に思い浮かべることを思い出してみればいい。哲学的な思考や数学理論を思いめぐらしながら打っている人はあまりいない筈だ。そのアホな考えたるやあまりにもアホなことなので、時おり身もだえながら打っている人もいるくらいだ。何百人もの人がパチンコをしながら考えているそのアホのエネルギーを全部集めたとしたらそれはもういかにアホか、想像もつかないものがある。そのようにあまりにもアホであるがゆえに、たいていの人はそれを忘れ去ってしまう。だが作家にとってはその「あまりにもアホなこと」を考え抜くことこそ大切なのである。

いったん考え抜いた妄想を一時忘れ去るということにはどんな効果があるのだろうか。それは考え抜いたことであるだけに、いつまでも心の底に残っているからだ。ここからはマックス・ウェーバーの受け売りになってしまうのだが、それこそが潜在意識を生かす方法なのであり、心の中にさまざまな妄想を蓄積させていなければ、いざ何かの着想を得ようとしても何もないところから天啓のように閃くものではない。

実は小生、もう三十年も前になるが「着想の技術」というものを書き、その中の一章で「妄想」ではなく「着想」について書いている。この時にはまだ妄想という考えはなく、最初はある作家があるフラグメント、つまりある断片に興味を抱く、というところから書きはじめているのだが、このフラグメントを「なぜその特定の断片《フラグメント》に興味を抱くのか、なぜあの断片《フラグメント》でなくてこの断片《フラグメント》なのかという問題は重要だ。選ばれたそれらの断片《フラグメント》はすべてその作家の精神史に深くかかわりあったものであり、その作家の快感原則に適ったものなのである」などと大上段に振りかぶっている。さほどのものではないと今なら言えるのだが、何しろこの時には創作心理について書いた大学の卒業論文以来の主張を作家になって初めて語っているものだから、気負いがあったのだろうと思う。しかしその断片の内容はと言うと、やはり一般の人たちであれば「つまらない」「馬鹿ばかしい」「まともに考えることさえはばかられる」「不道徳だ」「美的でない」「考えることさえ不快だ」として顧慮しないものという記述があるので、実際にその断片があらわれる形としては妄想に近いものが頭にあったのだろう。シラーも「創造的人間の場合、理性は、入口でその監視をゆるめる、すると、いろいろな観念《アイディア》が乱入してくる」と書いている。

このように小生が以前は断片とかフラグメントとか時には無意識内のがらくたとか言っていたそんな妄想の断片は、姿を変えたりくっついたりし、思いがけず芸術的な発想に昇華されて出現するのである。これがどのような心理機構によるものかも、「着想の技術」ではフロイト理論を駆使して書いているが、特に心理学を齧ったことのない人でさえ、そのような現象がよく起り得るものだということはご存知だろう。

同様に、妄想が姿を変え芸術的な着想に昇華されて現れるのは、睡眠から醒めきらず、まだうとうとと夢心地の中にいる時であることも、ご存知のかたが多いと思う。これは何も小説の着想に限られたことではなく、多くの発明や発見が朝がた、半睡半醒の中でなされることは多くの科学者や思想家の証言するところだ。このあたりのことも小生、ユングのことばを傍証として「着想の技術」の中に書いている。

経験から開発したぼく自身の抑圧緩和方法はユングが「能動的想像の技法」と呼んだものとはからずも同じである。技法というほどのものではなく、実はそれは単に惰眠を貪るに過ぎないのだが、何度もくり返すようにそれによって着想を得るまでには断片《フラグメント》に対する徹底的な掘り下げが意識的に行われる必要がある。考えてみればこの方法は、なかなかいい考えが浮かばぬ時「まあ、ひと晩寝てゆっくり考えてみよう」と言うが如き、昔から一般に知られている無意識活用法とほとんど変るところはない。「ユングが特に興味を持ったのは、覚醒でも睡眠でもない、判断は中止されているが意識は失われていない夢幻状態の時にやってくる一種の空想であった。創造的な人々がどのようにして発見に出くわしたかという説明を知っている人なら、インスピレーションが生じるとして最も一般にみなされているのは、まさにこの夢幻状態であることを認めるであろう」（A・ストー『ユング』河合隼雄・訳）

一見、妄想をそのまま小説にしたようなモダニズム文学もたくさんあり、それは例えば梶井基次郎や稲垣足穂や牧野信一の作品などだが、これらを妄想から出発した小説として片づけてしまうことはできないのではないかと小生は思っている。超現実的なこれらの小説の着想はむしろプロの脳が見る幻想とか夢想とかに近いものであって、妄想といういかがわしさはなく、発想の段階から高踏的、芸術的なものが志向されていて、昇華という過程はほとんどなかったのではないかと思われるのだ。

その一方、妄想をそのまま書いてもいいという場合もあるのではないか。前述の、考え尽したあとは考えたことを、いや考えたことがあったことすらいったん忘れてしまうこともまた肝心だと書いたことと矛盾するようだが、その妄想が無意識に保存すること叶わずいつまでも心に残るようであれば、そしてその妄想がよき文学的趣向となかなか結びつかない場合は、その妄想をそのまま書くことだって自由なる文学にとっては許容されるものである筈だと思う。前記江戸川亂歩「蟲」がそうであるように、何よりも作家には基本的に妄想を文学に高めてしまう技術だってある筈なのだから。

さて、今までに書いてきたことはあくまで小生自身の体験を踏まえてのことであり、ひとりの男性作家としての精神構造を着想の技術に応用しての考察だ。だからこの技術を例えば女性作家にも応用することが可能なのかどうかは判断できないのである。というのも女性の場合、男性と比較して右脳と左脳を結んでいる脳梁が非常に太く、だから思考と感情が容易に結びつき、思考とも感情ともつかぬ謂わば「思考感情」とでも言うべきもので物事を判断していると言われているからだ。ヘニーデとも言われているそのような心理がどのようなものなのか、小生女性ではないから想像もつかないのだが、読む限りでは女性作家の多くが妄想をこの思考感情に結びつけて執筆しているのではないかと思えてならない。

本谷有希子は大江健三郎賞を受賞した短篇集「嵐のピクニック」でさまざまな実験をしているが、もともとは妄想であったと思えるものをそれまでの諸作品がそうであったような日常から飛翔させ、時にはＳＦ、時にはシュールリアリズムにまで高めていて、大江氏が「奇妙な味」と言う文学的趣向を確立させた。大江氏が言うようにこの短篇集はあきらかに文学の言葉で書かれていて、もとの妄想が夢幻状態の中で文学に結びついたのか、妄想が思考感情の中で文学に結実したのか、小生には判断のしようがない。この短篇集の書評を大江賞受賞以前に小生は「群像」で書いているのだが、小生のある種の作品の作風に似ていると思われたのであったのかその原稿を求められ、これらの作品を読んだ時、小生が戸惑いを感じたのもまさにその判断のしようのなさ故だったのだ。

だいたい女性作家の作品は妄想から出発したと思えるものが極めて少ないのだが、たとえそれが文学的には一流の他の女性作家の作品と表面的には見分けがつかなくとも、もとは妄想であったと断じることのできる女性作家の作品もある。川上弘美の諸作品である。この人の作品は小生が新人賞を与えた処女作の「神様」以来、最新作品集の「なめらかで熱くて甘苦しくて」までそのほとんどを愛読しているのだが、作家本人ともおつきあいがあるせいなのか、作品を読むとある種の情熱に基づく妄想から文学の方へ送り込まれてきた小説であることが明らかなのだ。その理由は詳細も含めて書くことが難しいが、もしかすると彼女は囚われている情熱による妄想から抜け出せず、文学的にもがき続けているという幸福な作家なのかもしれない。最新作品集の最後の一篇「ｍｕｎｄｕｓ」などのように、セックスをシュールリアリズム文学にまで高めた傑作は他にちょっと類を見ない。

諧謔

人を笑わせる面白い戯文、ユーモアやギャグによる文章、その他洒落、流行語や隠語など、読者の笑いを得ようとする文章をここではひと括りにして諧謔《かいぎゃく》と呼ぶことにする。小説の中に出てくる諧謔にはさまざまなものがあるのだが、これにも高級なもの、低級なもの、爆笑を呼ぶもの、苦笑させるもの、しらけさせるもの、よくわからないもの、中には読者を怒らせてしまうものさえある。一般的に言って諧謔には高度なセンスが必要であり、笑いと無縁な作家が無理に諧謔を弄するとえてして失敗し作品全体の価値を下落させてしまうことにもなるので注意が必要だ。

夏目漱石「吾輩は猫である」の語り手は猫である。この猫はしばしば諧謔をとばす。猫ではあるものの語り手なのだからそこには作者の第二の人格が含まれているものと思ってよい。しかるにこの小説の主人公は語り手である猫以外にもう一人いて、それは苦《く》沙弥先生だ。この珍野苦沙弥先生、漱石自身がモデルだと言われているから、語り手と主人公が共に作者の第二の人格という、たいていは語り手と主人公が同じという、私小説的でありながらも極めて珍しい構造を持っていると言えよう。さらに猫が諧謔をとばす対象は人間であり、それも主に苦沙弥先生だから、ここでは作者の第二の人格が自分の第二の人格を観察し嗤っていることになる。諧謔をとばすのは猫だけではなく苦沙弥先生もとばすし、珍野家にやってくる高等遊民の迷亭、寒月その他の人物も諧謔をとばす。それらがいずれも知性と高度なセンスに裏打ちされているから、まさに笑いの文学の最高峰と言っていいだろう。何度も読み返して少しも退屈しないのはそれ故である。

漱石の笑いは主として比喩による上品なユーモアであり、爆笑するようなギャグには乏しい。それでもこの時代にこれだけの作品が書けたのは英文学の知識によるイギリス風ユーモアを自家薬籠中のものにしていたからだろう。日本では黄表紙本以来笑いの文学は長らく卑しめられてきたから、他には子供向けの佐々木邦や北町一郎によるユーモア小説くらいしかなかったので、小学校高学年になってからは「猫」一辺倒だった。

実は「猫」に夢中になる以前、小学校に入る前からもう一冊、夢中になっていた本がある。弓館《ゆだて》芳夫という人の「西遊記」だ。これはギャグや言葉遊びの洪水だった。弓館芳夫という人は東京日日新聞の記者をしていた随筆家で弓館小鰐《しょうがく》というペンネームだったが、この本は軽装の戦時体制版だったためか本名で書いている。「猫」は今ならネットでも読めるが「西遊記」の方は絶版であり本そのものがあまり残っていないので、その面白さを少し紹介しておく。いささか下品でもあり、今なら「親父ギャグ」と言われるようなものもあるだろうが、とにかく昭和十五、六年当時の小生にとってはすばらしく新鮮だったのである。

ただし当時流行のことばも出てくるからよくわからないギャグもある。悟空が死を怖れて不老長寿の術を学ぶため仙人を捜しに行こうとするところでは「当今ならドイツの名医スタイナッハ氏でも捜そうという目算」などというのがある。「混世魔王との一戦以来、国際間の風雲険悪たるを覚った孫悟空、ミリタリズムを奉ずるようになって、日々手下の猿どもに軍事教練」などと流行の英語を混えたり、大仙老君が悟空に鋼鉄の玉を投げつけるところでは「その制球力《コントロール》のいいことマッシュウソン、ジョンソン糞喰《くら》え」、黒風大王を懲らしめるため丸薬に化けてその腹中に入った悟空は「かっぽれ、ステテコ、フラフラダンス、あらゆる芸術を発揮」し、「盲腸直腸の方まで舞下って、滅茶苦茶に踊」り、大王を七転八倒させる。霊吉菩薩が毒瓦斯を吐く黄風魔王に定風丹を投げつければ「アッァッと息が詰まって、まるで唖者《おし》が疝気でも起したよう」という差別的な比喩が出る。三蔵法師が悟空に助けられて「サンクユウ、サンクユウ、ベリ、マッチ」と言うなど、ふざけてはいるがこの本から多くの英語を教わったことは確かだ。観音さまは助力を乞いにきた悟空に「よく厄介を持込む奴じゃ」と言いながら木叉《もっかい》という弟子に命じて助けるよう仰せつけるのだが「ヤッカイモッカイという語呂は、けだしこの時から始まった」と洒落のめしている。このくだりは最近まで記憶していて、後年「魚籃観音記」を書いた時には、悟空と観音さまの情事を見ようとして天空の神仏が集ってくる中、仏陀までが下駄履きで覗きにきたため皆が「ブッダマゲタ」という駄洒落を書いている。自分のセンスにあった諧謔は記憶しておくべきだし、忘れることもない。ついでながら言うと今までに読んだどんな本の諧謔も記憶していないとか、そんなものをいちいち憶えているのは子供っぽいとか思うような作家は、もともとのセンスが諧謔に向いていないのだから、自分でやろうなどと思われぬ方が賢明だろう。

「西遊記」を続ける。金角魔王と銀角魔王は名を呼ばれて返事した者をたちまち吸い込んでしまう金の瓢箪を持っているのだが、悟空はこれを偽の瓢箪にすり替える。魔王たちが現れた悟空に瓢箪の口を向けて名を呼ぶと、悟空は平気であらゆる返事をする。「ハイ」「ハッ」「応」「イエス・サア」「ウイ・ムッシュウ」「ヤア」「ダア」このウイ・ムッシュウなどは小生が初めて知ったフランス語だ。文殊菩薩のくだりでは「よく仏像でキリン・ビールの商標みたいな獣《けだもの》に、乗っかっているのがこの文殊菩薩です」という説明で、なかなか勉強にもなる。三蔵が雨を降らせる術を乞われ、そんな術など知らない三蔵に、適当なお経を読めばなんとかすると悟空に言われてやるのが「ナムカラタンノー、トラヤアヤア」である。獨角魔王を退治るため十六羅漢に加勢を求めたものの、たちまち武器の金丹砂を奪われてしまい、魔王の子分たちが喜んで囃し立てる。「羅漢さんが揃っても、なっちょらんじゃないか、ヨイアサノヨイアサノ」「沈魚落雁羞花閉月」という美人の形容を知ったのもこの本だ。牛魔王の妾の玉面女という、女にかけては無関心の悟空でさえ「ぼうっと気が遠くなるようなトテシャン」なのである。のちに美人の形容として小生、「沈魚落雁非常識」などと書いている。牛魔王と孫悟空が巨大な姿の本性で戦うところは「まるで東京ステーションと丸ビルが、生き物になって喧嘩をおっぱじめたよう」という、この本が発行された昭和十四年の当時としてはモダンな形容。

「西遊記」からの引用はこれくらいにしておくが、子供だった筆者がここから受けた影響たるや甚大なものがあった。文章とはこういうものでなければならないと思い込んだほどだったのである。エノケンなどの喜劇映画が大好きだった時代でもあり、後年ギャグ、ナンセンスの作品を多く書くことになった起源はこの頃にあったと言っていいだろう。その後「吾輩は猫である」に巡りあって文学に目醒め、さまざまな文学からその中の諧謔を知識として貯め込むことになる。現代文学に欠かせぬものとして「笑い」が認められている今となっては、まことにわが先見性が誇らしい。

諧謔は読者の笑いを呼び、さらに読み続けようとする意欲を起させ、時には作者の知性の表現ともなり、作品世界から一時的に読者を解放するような異化効果も生む。例えばシリアスな緊迫した場面で一瞬視点を変え、この真面目さが視点を変えればどれほど滑稽に見えるかを示して笑いを呼ぶなどの異化効果である。

だが諧謔にも掟というほどではないものの、避けた方がいいものや書き方を工夫すべきものもあるにはある。人を笑わせる話題として誰でもが思い浮かべるものにシモネタがあり、これは諧謔のセンス皆無な人でもいくつかのネタは持っているものだが、これを文章でやる時にはできるだけ上品に、遠まわしにやった方がいい。そのシモネタがどぎつく下品なものであればあるほどできるだけ上品に、できるだけ遠まわしにやった方が、なぜかより大きい笑いを呼ぶようだ。

諧謔を弄するのが語り手である場合と、登場人物である場合があるが、これはどちらでもよい。登場人物の場合はその人物らしい諧謔にすべきだろうが、語り手が憑依してやる場合もある。登場人物の諧謔として、小生の作品からひとつご披露すると、「あれが火事だということは、火を見るよりもあきらかじゃ」というのがある。池澤夏樹の御墨付を貰ったギャグである。

流行語はあまり混じえぬ方がよい。「西遊記」のいくつかの諧謔でおわかりと思うが、すぐ古くなってしまい、後世の読者には陳腐で笑えぬ上に、何のことかわからないおそれもある。現代用語としての横文字は歴史・時代小説に使うと効果があったりもする。

だがやたらに使うのではなく、その時代の言語や風俗や思想などを現代から照射するのが狙いであるべきだから、挿入する場所もまた選ぶべきであろう。さらに、当然のことだが使い古されたギャグは避けるべきだろう。「親父ギャグ」という言い方は、そのギャグの意味や由来を知らぬ若者が反撥して使ったりもするから言われても気にしなくていいが、あまりにも誰もが知っているギャグであればこれはやはり陳腐ということになります。

反復

作家による自作の解説は、いかに作者自身の解説であろうと、それは何人かによって書かれたその作品のいくつかの解説の中のひとつに過ぎないと言われている。だが今回、リピート・ノベルとでも名づけ得る長篇「ダンシング・ヴァニティ」（以下「DV」と省略）を書いた作家として、作品内の反復、繰り返し、時にはコピー&ペーストと受け取られてもしかたがないようなええんえんたる前文のプレイバックを、どういうつもりで行ったかを書き記しておきたい。実験的意図のもとに書かれた作品には、作家自身の解説も許されると思うからである。

このような作業は以前、長篇「虚人たち」を書いた時にも「虚構と現実」という小論で行っている。「虚人たち」もまた実験的な作品であり、作品発表後に「文学は難解なものであるということを示すために書いた作品」（吉本隆明氏）などと評されたからだった。

「ＤＶ」に関してはそのような批判が出ることはないと思うが、「原稿料稼ぎ、枚数稼ぎの小説」という意味を遠回しに言う批評が出ないとも限らない。

小説の中での反復にはさまざまな意図や意味があり、「ＤＶ」ではそれらの反復を多種多様に駆使している。特に過去の他の作家の作品には見られなかったであろうと思われる反復もあり、この小論では「ＤＶ」を読んでいただいた読者のために、それらを分類し、解説していきたいと思う。また、「ＤＶ」では取りあげることのなかった種類の小説の反復ということについても、この機会に触れておくつもりである。そもそもこの作品は、ダンス、演劇、映画、音楽など他の芸術ジャンルに顕著な反復が、なぜ小説でなされ得ぬのかという疑問から発したものなので、できるだけ他のジャンルとの比較の上で考察していきたい。

「ＤＶ」は「虚人たち」と異なり、読者には充分に楽しんでいただけたと思っているが、この楽屋話めいた小論で作者の舞台裏を見せ、そうした読者のために新たなる楽しみを提供しようというのがこの稿の目的である。

象徴の反復

まず最初は「象徴的なものの反復」について述べたい。見出しが「象徴の反復」なのに、なぜ「象徴的なものの反復」なのかという疑問を持たれるだろうが、この章をお読みいただければわかっていただける筈である。

ディコンストラクション派の批評家が追い求めるような、同一作品内で、あるいは同じ作者による他の作品内で、時には他の作者による他の作品から引き継いで反復されたりもしている「象徴」というものは、小説にどのような意味を持たせるのだろう。

J・ヒリス・ミラーは、その著書「小説と反復」の冒頭で、ハーディの「ダーバヴィル家のテス」における象徴の例をとりあげている。最初にテスが赤い色のリボンをつけていたとしても、それは考えられないことではないが、何度も何度も赤い色が繰り返されるとき、それは目立ったモチーフとして際立ってくるのだと言っている。最近では蓮實重彦が「「赤」の誘惑」という著書を出したが、これは小説に登場する「赤」の魅力について書かれたもので、反復についてではない。

ではその反復する赤い色が何を象徴しているのか、ミラーははっきりとした解答を書いてはいない。しかしこれらの反復が、ストーリイの直線的な連続、物語の直線的な展開のために起る、あまりにも安易な意味決定を抑制するために機能していて、自分はそのありさまを探究しているのだと書いている。

確かにリアリズムの小説の、言葉のひとつひとつを追い求めていくうちにいつの間にか物語の中に引き込まれていくあの喜びが、われわれからは失われてしまった。今われわれが求めているのは、小説におけるそれ以外の喜び、批評家が文学作品を包囲しようとしている理論をはるかに超えた、今までにない驚きを与えてくれる作品である。そしてその驚きのひとつが反復であろうという考えが、そもそも「DV」を書きはじめた理由である。

ただし象徴的なものが反復される場合は、あくまで同一の作者の作品内のものに限られるだろう。神話的・伝説的なものを除き、他の作家による作品から影響を受けた象徴的なものの反復に、あまり意味があるとは思えない。それは作者だけの想いであって、読者には伝わるまい。

ところで前記「ダーバヴィル家のテス」における赤い色というのは何を象徴しているのだろうか。それが何かを象徴していると感じた読者は、通常は「血」だの「処女喪失」だの「暴力」だのと考えるのだろうが、これもまたあまりにも安易な意味づけである。読者は赤い色の繰り返しに、何ともなく不吉さや不安を感じることだろうが、ではそれは単に「不吉さ」や「不安」でいいのではないか。また、それさえ感じない読者だってたくさんいる筈だから、そういう読者は特に何も感じなくてもいいのだとさえ思えるのだ。単に反復がなされているということのみに、読者は快を感じることがはっきりしているからである。

いい例がパラマウント・ギャグのひとつでもある、映画の中の繰り返しである。それがギャグとして機能していなくても、単に何度か反復されるだけで笑いが起る。反復そのものにカタルシスは存在し、誰にでもあきらかな快感が自覚できる。「DV」の中でも、強ち批評家を喜ばせるためだけではなく、象徴的なものの反復を行っている。前後数回出てくる「赤い靴下」がそれである。読者は二回め以降、ただそれが出てきただけで喜びを感じるだろうし、わが約四十年前の作品「霊長類 南へ」や、十数年前の作品「最後の伝令」を読んでいる読者はさらに大きな喜びを感じるだろう。「DV」では単に「赤い靴下」と書かれるのみだが、先行する作品の中でそれは「赤い靴下をはいて地下鉄に乗りたい」という馬鹿げた、笑いを誘う願望だったからだ。特に今回の作品で「赤い靴下」は主人公の死の間近に登場し、象徴らしさを演じている。ここから「赤い靴下」が死の暗示であるという判断もできようが、そうした判断も読者の自由だ。

「白い顔のフクロウ」も同様、作中に書かれているように主人公への批判の象徴と判断してもらってもいいし、どのように判断してもらってもいい。要はフクロウの二度目の登場以降は、読者がいちばん楽しめる形でフクロウの登場を喜んでもらえばよく、そのためにこそフクロウに象徴らしさを付加しているのだ。「引っぱり蛸」も同様である。そしてこれらはリアリズム作品に登場することも可能な「赤い靴下」とは異なり、所かまわず出てくるというそもそもが非現実的な存在であるから、尚さら象徴らしさを内蔵していると言っていい。

こうした「象徴らしさ」の付加は、それが何度も登場する事例であるならば、どうしても必要なことである。なぜならそこに「象徴的なもの」らしさを付加した方が、前記、ストーリイの直線的な連続、物語の直線的な展開という単調さを避ける意味からも、あきらかに読者の喜びに奉仕するからである。

出来事の反復

現実の生活やリアリズムの小説において出来事が反復される場合、そこには偶然性と必然性のどちらかが伴う。同時多発の場合はあきらかに必然性が作用しているが、偶然の反復もまた、セレンディピティという現象に因っている場合が多く、その神秘性は今「セレンディピティ」という言葉が流行しはじめていることでもわかるように、果たして本当に偶然の産物なのかどうかが問われている。

本来「セレンディピティ」というのは、フレミングが培養実験をしている時に誤ってアオカビを混入させたことによってペニシリンを発見したように、また、レントゲンが陰極線の研究の副産物としてX線を発見したように、何かを探している時に、探しているものとは別の、何か価値のあるものを見つける能力のことである。しかしこのことばは、「セレンディップの三人の王子」という童話から生まれたその語源から考えて、さまざまな現象に敷衍することができる。何かで悩んでいる時、その問題を解決する書物に偶然めぐりあったり、実はこれは筆者自身の体験でもあるのだが、パーティでたまたま前の席に座った人（東大大学院医学系研究科在籍）が、今ちょうど自分の悩んでいる問題（小説「ビアンカ・オーバースタディ」における異種交配の実現性）の専門家だったりすることも、やはり本人のセレンディピティ能力であろう。これを単なる本人の幸運と誤解してはならないのであり、悩んでいる問題の解決策があっちからやってくる確率は本人の悩みが深ければ深いほど、差し迫っていればいるほど大きいのである。これはやはり本人のセレンディピティ能力と言わざるを得ない。ご自分の体験に思い当る読者もおられる筈だ。

似たような出来事が本人の身のまわりで連続して出来《しゅったい》するのも、やはり本人のセレンディピティ能力であろうと思われる。それが不快な出来事であっても、本人が無意識的にそれを呼び寄せてしまう場合があり、精神分析的には「事故多発者」という事例で証明されているように、これも本人の願望によるものとすれば、やはりそれも負のセレンディピティだと言うしかない。

「ＤＶ」においても、家の外で喧嘩や戦争が繰り返されることによって、主人公の運命が大きく変化する。マイナスの方向に変化するのだから、これは不運を招き寄せる能力と言うべきだろう。しかしそれが本当に不運だったのかどうかは、主人公のその後の運命を辿らなければわからないという神秘性が作品内に生まれ、ただ偶然と必然によるストーリイの単純な進行を享受しているだけだった読者に新たな喜びを与える筈である。

文学の読者の多くには、驚く用意ができている。新しい文学の中の、今までになかった驚き、おかしな小説の中の、特異なもの、奇妙なもの、今までの読書体験から踏み外れているような体験、そのようなものを求め、その意味を自分で見つけようとしている読者がいるからこそ、文学は常に、それを文学理論の中へ囲い込もうとする力を超えることができるのである。

空想の反復

作品内の人物が同じ空想を何度も繰り返すという小説は多いが、空想の細部にわたり、同じ文章によって繰り返されるという例はあまりないようである。「DV」においては空想なのか現実なのかをはっきりさせないままで、文章そのものの反復を何度も行っている。むろんそれらはただの反復ではなく、実際に空想が繰り返される場合の多くがそうであるように、ほとんどはそのままでありながらも、繰り返すたびに細部の省略があり、テーマの発展や強調がある。実際の空想における省略、発展、強調を示すためだ。

死んだ父親がやってくるという空想は、繰り返されるうちに次第に省略がなされるが、それは文章の省略というかたちでなされる。そしてここで強調しておきたいのは、それは何も同じ文章を読者が何度も読むのは退屈だろうと思って省略しているのではないということだ。それはあくまで主人公の空想の中での省略なのである。また、そうした省略ゆえの笑いもある。空想の進行を早めようとして、父親が自分で自分の胸を裂いてしまうなどの部分である。

死んだ息子が成長して何度もやってくるのは、主として妻の願望ではあるものの、ここでは夫の願望も一緒になった空想の繰り返しである。夫婦の願いがひとつなら、繰り返される空想やその発展もまた同じであろうというギャグ、妻の空想と夫の空想の行き違いというギャグなども試みている。

父親が憔悴して帰ってくるという空想の繰り返しは、本当にあったことなのか、にせの記憶が固着したものなのか、判然としない形で書いている。また、夢を媒介にした現実との混同による混乱は「死夢」や「召集」のくだりで書いていて、実際に戦争に行ってしまうのは、何度も反復された空想が現実化するという非現実の世界を描こうと試みたものである。デジャ・ヴという現象や夢も含め、反復される空想の現実化、その非現実性、超現実性を描くことが即ち芸術的・文学的感動となる筈であることを筆者は信じている。

失敗の反復

失敗と言えば、まず思い浮かぶのはフロイトが一九〇一年に書いた「日常生活における精神病理」の中の論文、「失錯行為」であろう。失錯には必ず意味があるとするこの説については、どなたもご存じであろうから割愛するが、多くは笑いを誘うこうした失錯行為が何度も繰り返されることは、さらに多くの笑いを誘う。これは今までギャグとして何度も書かれ、喜劇や映画の題材としてしばしば使われてきたもので、筆者自身も何度か書いている筈であるから、ここでは殊更に述べない。しかしただ一度の失錯行為にすら意味がある以上、それが繰り返されることにはより大きな意味がある筈で、これは自分ではどうしようもない無意識的な行動として、人間のある本質を衝いていることになる。

これとは別に、過去の失敗を正当化するため、またしても同じことをして失敗するという、一般的にA型気質の特徴とも言われている事例がある。これは学習能力のなさだけでは片づけられない、過去現在を通しての、ある種の人物の本質を表現している。過去の臆病な行動に贖罪意識を持ち続け、その覚悟の死によって過去のすべてが帳消しになるコンラッドの、あの「ロード・ジム」とは逆である。この「ロード・ジム」をJ・ヒリス・ミラーは「有機体破壊としての反復」という論考で取りあげているが、類似の出来事がいくつかあるというだけで、作品内ではっきりした何らかの反復があるわけではない。「DV」における失敗の反復は、主人公が何度も江戸時代へ行きなおす部分など、笑いを伴う形で試みている。

実はこのJ・ヒリス・ミラーの「小説と反復」という著書を、まだ「DV」のアイディアがまとまるずっと以前に、何かの参考になるかと期待して読んだのだが、正直失望した。サッカレーの長篇「ヘンリー・エズモンド」における反復とアイロニーについては、例えばそれが過去の他の作家の作品のパロディであるというようなことだけのものであり、前述したように、反復はあくまで同一の作者の作品内のものに限り、神話的・伝説的なものを除き、他の作家による作品から影響を受けた象徴的なものの反復に意味はないとする立場から言えば、他の作家の作品のパロディは単なるパロディに過ぎず、反復ではない。ただしこの著書からは、「反復」が、「読みの神髄」とも言える「テクストがいかに絶えず読者にその反復による解釈を迫るものであるか」ということを教わって、大いに意を強くしたりもしている。

時間の反復

主にSFやファンタジイにおいて描かれるこの時間の反復には、主観的反復と客観的反復がある。主人公の意識は持続するものの時間だけが反復する場合と、時間はそのままで登場人物の彼または彼女の意識が反復する場合とである。前者はトーマス・M・ディッシュ「リスの檻」を嚆矢《こうし》とする時間の反復をテーマにしたもので、筆者も「しゃっくり」という短篇で試みている。ある一定時間の中に囚われてしまった主人公を描くもので、主人公はその一定の時間から抜け出そうとして、あるいはその一定時間内に目的を果たそうとして、リスの檻または時間のしゃっくりの中でじたばたする。

後者は登場人物の彼または彼女の意識が、一定時間が経過するたびにもとへ戻ってしまい、その間の記憶が、また記憶そのものが何もかも失われてしまうというものである。最近の成果としては、これはSFではなく純文学に分類されるものだが小川洋子の長篇「博士の愛した数式」があり、アメリカ映画では「50回目のファースト・キス」や「恋はデジャ・ブ」がある。「50回目の……」の場合は周囲の人間がヒロインの記憶を取り戻させようとして、あるいはヒロインの意識がもとへ戻った際、いかに速やかに彼女に事情を悟らせるかに心を砕くわけであり、「恋は……」の場合はわがままなテレビのレポーターが何度もの繰り返しに次第に錯乱していく。そして繰り返しの中でさんざ試行錯誤をやった後に、次第に目的に近づいていったり、人間的成長を遂げたりする。この試行錯誤による面白さは主観的時間の反復の場合も同様である。「博士の愛した数式」はこれらとは異なり、周囲の人間は主人公である博士の短期記憶喪失障害という病気を受け入れる。主人公自身も自分の病気を受け入れたかのようである。そしてその病気ゆえの愛が博士と周囲の人間の心を触れあわせ、美しい愛が生まれる。

こうしたテーマは前述のように幾度となく作品化されているので、「DV」では特に使わなかった。拡大解釈をすれば読者にとっての時間の反復と言えなくはないから、同じような面白さは全篇に内蔵されている筈である。付言しておくと、時間の反復、特に主観的時間の反復というのはたいへん非現実的な設定だが、SFやファンタジイでこれをやった場合は非現実を合理主義精神で解決して読者をカタルシスに至らせようとするのに対し、このような非現実、または非現実的事態を小説の文章によって芸術的な超現実にまで至らせるのが純文学ではないかと筆者は考えている。

儀式の反復

恒例の儀式や年中行事や業界のパーティ、日常の儀式化した営為、些細なものでは就眠儀式や入浴・洗顔の手順や流儀、家族の団欒における自動化された会話や作法といったものもこれに含まれるだろうが、小説におけるこれらの反復はアイロニー、滑稽、空虚さなど、さまざまなものを表現することになる。現実に生きている人間や、また作品内に登場する人物たちにとっては毎度のことなので目新しくもなければ時に退屈でもある営みである。だが小説の読者にとっては、これらが反復して表現されることによって、人間の、同じことを繰り返し続け、習慣への無意味な執着をする愚鈍さなどに加え、今までえんえんと繰り返されてきた登場人物や家族や彼らの属する社会の長い長い歴史の暗示とも読み取ることが可能だ。「DV」に於ては家族会議、パーティ、新年宴会、葬式などの場面が、他の反復の要素も加えながらこれを表現する。

家族会議では、死んだ父親の登場も含めたその反復が、危うい均衡の家族関係と家族の歴史を表現する。反復のたびに次第に過激化する展開が、家族間の感情の増幅による昂《たかぶ》りを示す。パーティの反復は儀式の形骸化、愚行の慣習化を示している。新年宴会は毎年繰り返されるドタバタの反復が次第に激烈になり、悪夢に近づいていくことでその空虚さが表現される。葬式でのやりとりや決まりきった科白の反復は、幾度となく家族を弔い続けてきたであろう家族の歴史を表現する。いずれの試みも文章の反復によって非現実性を増し、なんとなくリアリティが失われていくから、作者の戦略が正しければ読者は笑いへと導かれることになる。

これら日常性の反復はすべて直線的なストーリイ展開を妨げる技法で、エンターテインメントの「遅延」または「妨害」に相当するものだが、ここではほとんど同じ文章を繰り返すことでその新たなテクニックを発見し得たように思う。わが出版担当編集者の鈴木力氏は「この作品を読むと、話の流れが一回限りで終る小説がつまらなく思える」とまで言ってくれたが、これこそ物語の、文学的晦渋さのない重層化を志す筆者にとっては、わが意を得たといえる賛辞であった。

日常の反復

この項はほとんど前項「儀式の反復」を踏襲する形になるが、小説が日常の反復を描くとき、それもやはり日常に対するアイロニーであることが多い。幸福な日常や不幸な日常を強調する場合もあり、時には儀式の反復とも重なりあう形で、日常の空虚さや惰性的日常を強調する場合もある。「DV」では主人公が毎夜のように「鼠取り」という行為に及ぶが、これは歳をとった主人公の、老人性の憂鬱や不快感や、そして特に保守性の強調である。

活動的でなくなると、人は日常の瑣事にこだわりはじめ、習慣に囚われてしまう。そうした日常を乱すような不快な出来事や侵入者が許せなくなる。そして愚行に及ぶわけなのだが、小説はこれらの反復によって、主人公自身のやりきれない屈託した心理を強調することができる。陳情にやってきた客を暴力で痛めつけ、年賀の客に苛酷な芸や罰を強いるなどの繰り返しは、反復によって主人公の日常の自虐性が次第に強まっていくことが、読者にも感情移入が可能な形でどこまで表現できるかの試みである。むろん一方では、そうされても尚かつ主人公のまわりに集ってきて毎度のようにひどい目に会う連中の喜劇性によって笑いが保たれ、ひたすら読者に不快感のみを強制することは避けている。

演劇的反復

舞台俳優の日常は反復の日常である。だがそれは微妙な変化を伴いながらの反復だ。公演を重ねるにつれ、演技者同士が影響しあうことによって、演出家のダメ出しによって、観客の反応によって、また演技者自身の気持ちの変化によっても、少しずつ違ってくる。初日と楽日では大きな違いになるため、芝居好きの中にはわざわざその二回を見に行き、どれほど変ったかを楽しむ人もいるくらいである。だが、その反復による変化をいちばん楽しんでいるのが実は演技者なのだ。

反復がなぜ俳優にとって大きな醍醐味となるのか、それは舞台上でいつ小さな変化が起るかわからず、あくまで演技を反復しながらそれに対処し、それ相応の反応を示さねばならぬというスリリングな状況に身を置くことだからである。毎日同じことの繰り返しで退屈しないのかと不審がる人もいるが、これは演劇の舞台に立った者でなければわからぬ快楽かもしれない。むろん、舞台上で変化があった時はそれ相応に芝居全体から受ける感動の変化があり、それもまた新しい芸術性の創造といえるので、観客と共に俳優もまた満足する。

このような演劇における反復を利用した演劇もある。プリイストリイの戯曲「危険な曲り角」では、ある家族の悲劇の真相が、彼らが過去を繰り返して演じ、それが現在と曲り角で交錯することによって明らかになる。ソーントン・ワイルダーの一幕劇「長いクリスマス・ディナー」は、ある一家の九十年にわたる歴史が場面転換も暗転もなしに、何度も何度も、ずっとクリスマス・ディナーが続けられていく中で月日が流れ、進行していき、家族の離散と死滅に到る。

「DV」ではこうした技法をあちこちで使って、危険な曲り角の存在を示し、家族その他の登場人物の歴史や過去を表現している。危険な曲り角というのはいくつか選択肢がある時間の分岐点で、その後の運命の分かれ道となる時のことだ。主人公の著書が売れた場合と売れなかった場合の分岐点や、娘の恋人を恋していた姪が、「同じ状況を何度もくり返すことができたのなら、どうして一度くらいはわたしと敏博さんを結婚させてくれなかったの」と言って泣くのも、選択肢が存在するその分岐点への渇望と言える。

歌舞伎の場面ではこれらの技法こそ使わなかったが、二度繰り返される舞台に観客やコロスが加わることで起る変化を書いている。「初めからやりなおしじゃわい」というところから繰り返しになるが、それ以後が役者の反復、つまりは役者の日常を示していることになり、読者にもいささかながら繰り返しの、つまりは役者の気分に浸れる快楽を得て貰いたいという作者の意図でもある。

加えて言うと、実際に舞台上へ観客があがるようなことは、前衛的演劇の意図的な趣向でない限り滅多にないことだが、客が舞台にあがってきたらどうなるかというのは役者を含めた誰でもが抱く空想であり、ここではそれを古典的歌舞伎の前衛化として試みてもいる。

演劇でもうひとつ重要な反復は、ギリシア演劇におけるコロス、歌舞伎においては義太夫の、語りによる反復である。共にさまざまな性格を持ち、時には冷静な傍観者であり、登場人物への批判者であり、また情景描写、状況描写、心理描写をしたり、主人公の感情に同調したり、稀には筋に介入したり、未来に起ることを予測さえしたりもする不思議な存在だ。いずれも何らかの形で舞台上の進行を反復したり、語りを演技で反復させたりしていて、観客にとっては自分たちの意見を代弁してくれる世間代表であり、自分たちの判断や感情の正統性を認めて安心させてくれる存在でもある。

これらはそもそも古典演劇独特の存在だったが、再評価されて現代演劇やウディ・アレンの映画などにも登場するようになった。十人のコーラス・ガールとして「DV」に登場するコロスは、古典的でありながら前衛的でもあるこれらの成果を小説に取り入れようという試みであり、テレビのレポーターの群れを思わせるこれらの存在の登場は以前にも短篇「カチカチ山事件」で試みている。ただしこのコロスというのはもともとが反復的存在なので、小説全体に居続けられると小説独自の反復に支障が出るため、一部にしか登場させなかった。

以前に書いた「俊徳丸の逆襲」という戯曲では、歌舞伎の登場人物が義太夫を嬲《なぶ》りものにして困らせるというギャグを使った。「DV」でも主人公はこの女の子たちを性欲の捌け口にする。またその実在性が不確かなコロスを、そのまま不確かな存在として書くという実験もしている。いずれにせよ小説の直線的な進行を妨害するのに適した、リピート・ノベルにとっては願ってもない登場人物たちであった。

音楽的反復

ベケットの戯曲「芝居」では、同じ芝居が二度繰り返される。高橋康也氏はこれを《ダ・カポ》的構造と説明し、「バッハのフーガのように厳密で」「演劇が純粋な音楽にもっとも近づいた作品」としている。循環形式や対位法と考えればよいだろう。このような音楽における繰り返しが芝居には応用され、なぜ小説には応用されないのだろうか。それはもともと小説が、読み返すという行為による反復の可能性を内蔵した芸術ジャンルであったからだろう。だが音楽とて録音技術により繰り返して聴くことができるのだ。

あのメロディをもう一度聴きたいという聴衆の願いを繰り返しによってただちに聞き届けてくれる音楽は、われわれに深い満足感を与えてくれる。では小説とて、今の面白いシーン乃至シークェンス、または文章をもう一度読みたいという願いを、一方では先へ読み進めたいという願いが強いために読者が忘れてしまわぬうち、再現すればよいのではないだろうか。楽譜のダカーポ・アルフィーネ記号やダルセーニョ・アルフィーネ記号を使えない小説は、やはり楽譜ではなく、あくまで音楽そのものと考えなければならない。

もしかすると小説は、反復という技術を最初から放棄し、忘れ去っていたがゆえに、読者への大きな奉仕を捨ててしまっていたのではないだろうか。小説は自分のために書くのだと言う一方の主張によって読者の満足を得る努力をしなかったから、反復という読者の満足のための重要な技術を持つことができなかったのではないだろうか。

「DV」では音楽における繰り返し同様、オーケストラの主題の発展の如く、ジャズのアドリブやリフレインの如く、歌謡曲における同じメロディの繰り返しの如く、また例えばロックの通奏低音のようなリズムの如く、さまざまな形で文章の反復を行っていると同時に、たとえばオペラで、誰でもが知っていてそのオペラの聞かせ所であるメロディが、「道化師」や「トスカ」のように実際にはたった一度しか歌われないために聴衆を悩ましくさせるあの洒落た技術も導入している。ただしテノール歌手・松本幸三氏に伺ったところでは、ああした部分を繰り返して歌うことはそもそもテノール歌手の能力を越える、と言うことであったが。

行為の反復

強迫神経症的な行為の反復というものがあり、「ＤＶ」ではそれは第一に妻の、かぶりを振り続けるという行為で示している。何かを、おそらくは自分を否定しようとしての行為であろうと主人公は判断し、精神科医は子供を失ったための喪の作業の一種であろうと言う。しかしこれは単にさまざまな反復の例のひとつでしかなく、文章の反復にはなっていない。ひとつの作品の中でありとあらゆる「反復」をとりあげようとした意図の下に、基本的な反復例としてとりあげたに過ぎないからだ。ただしその反復の無自覚性を客観的に観察して描いておくことは重要であったろうし、だからこそ、ついにはパーティ集団における、その行為の感染と模倣がギャグにもなる。第三者であるパーティの集団がひどい目にあうのは、妻の無意識からの不条理な報復だと言える。

儀式的な行為の反復としては、功刀《くぬぎ》さんの鳥の真似をしているような奇妙な行為の反復がある。主人公への好意をこのようにしか表現できない可哀想な彼女の、一種の舞踊的な反復である。モダンダンスにおいてはこのような、一見意味をなさぬかに見える、あまり舞踊的ではない反復がしばしば行われるが、それは観客に催眠効果をもたらし、舞踊的感動というよりはむしろ文学的感動をあたえるのだ。これを文章で表現するという試みは、いずれ誰かがなさねばならなかったことではなかったかと思う。

主人公の妹が、人を抱きあげては床に叩きつけるという乱暴な行為を繰り返すのも、同様にモダンダンス的な反復である。それは必ずしも相手を憎んでいるわけではないことによって、その反復行為を文章で書くことは、文学的な不条理感覚を表現することにもなるであろう。

とりわけ主人公の友人が、精神科医ともあろうものが自ら壁に激突する自傷行為を繰り返し、やがて主人公まで同じ行為に巻き込んでいくという反復は、まさに読者が象徴探しをするための絶好の対象と言えるだろう。新年宴会の場面における激突競技のナンセンスとともに、これもモダンダンス的な反復である。

小説は前衛的な実験を行うことに関して、現代演劇やモダンダンスから十年も二十年も遅れている。小説はあくまで文章による実験を試みるべきだと言う意見は当然のことだと思うが、そこに現代演劇やモダンダンスの視覚的な実験の成果を取り入れても強ち小説的でないとは言えないだろう。

回想の反復

小説や映画でお馴染みの回想形式というのは、たいてい以前の出来事を一度繰り返しただけで終るが、それは読者や観客にとって初めての、そして一度だけの体験であり、真の回想とは言えない。現実には回想というのは何度も反復されるのが普通である。以前あったいやなことを何度も想起することには、反復のたびに自分を宥《なだ》めたり正当化したりするという癒しの効果を伴っている。また逆に、思い出すたびに腹の立つことなどは、反復によって怒りが倍加したりもするから、癒しどころか精神的に負の効果を与え、非生産的な復讐の意を強める場合すらある。

しあわせの反復はどうだろうか。過去の幸福を嚙みしめることには幸福感そのものの復活や充足感がある。しかしそれはあくまで現在が幸福だった場合のことであり、ともすれば現在への不満に結びついてしまう。

映画などで何度も繰り返されるフラッシュ・バックという反復は、例えば事件にかかわる場面を探偵が何度も想起した末にトリックを見破るなどの技法である。これは現実にも、問題に直面した局面で過去の類似の体験が蘇るなど、われわれが日常的に経験する回想である。

また、それが本当にあったことなのかどうかを確認するための回想というものもある。事実を記憶によってねじ曲げていないかどうか、実際よりも誇張して記憶しているのではないか、そしてそれは確認するための回想によってますます歪曲されているのではないかなどの判断も伴っている。これなどは最も文学的な回想と言えるだろう。

このような回想を現実で行われる回想の通りに小説内で何度も反復することには、自己正当化、怒りの増幅、復讐心の強化、幸福の充足感、現実や現在への不満など、作中人物の心の変化を、小説では通常ない方がよいとされている「説明」を、「説明抜き」で強調することになり、実験的であると同時に新たな文学性乃至技法の発見にも繋がるものとして、「DV」でも試みている。にせの記憶かもしれない、やつれ果てた父親に何度も会う場面などがそうだが、とりわけ最後の、自分の人生を反復する場面で多用している。しかしこれは最終項の「人生の反復」で詳細に述べることにする。

映画の反復

映画は反復されることによって興行的に成立する芸術・娯楽作品である。反復によって細部が変化してゆく、などのことはない。常に同じことがスクリーン上で繰り返される。われわれがよく見る悪夢は、映画の中の人物になってしまうという夢で、同じことを何度も、しかもフィルムがぼろぼろになるまで、半ば永遠に繰り返さなければならない。

しかし映画出演者のほとんどは、あちこちの、もしかしたら世界中の映画館で、何度も何度も映像としての自分が、今現在でも演技を反復し続けているのだと意識することはない。だが「DV」での主人公は、現実の映画の出演者と違って、上映されるたびの反復を意識している。それは主人公独特の感性の異常さや、一種の文学精神を示す試みともなり得る。

また、実際の撮影過程では通常、ドライ・リハーサル、カメラ・リハーサル、テスト撮り、本番のテイク・ワン、テイク・ツー、撮り直しなどといった演技の繰り返しが強制される。そうした繰り返しの中で主人公が、自分の役の中に現実の自分と重なりあうところを徐徐に見出しはじめるのであるが、それを表現するため、小説では映画に出演している主人公の出演場面を文章で何度か繰り返している。その繰り返しはまた、映画が上映されるたびの反復も示していて、主人公独特の精神の有りようを表現しようという作者の意図でもあり、今までに何度も書いてきた文章の反復効果によって、読者の気持ちをそのおかしな主人公の自我にのめり込ませようという作者の意図でもあるのだ。

ゲームの反復

東浩紀「ゲーム的リアリズムの誕生」はまことに刺激的な本で、この本に触発されて筆者は「ビアンカ・オーバースタディ」なるライトノベルを書いた。この本は「DV」にも一部に影響を与えている。

ゲームの反復は成功に到るためのやり直しの反復である。戦争などのゲームでは主人公の死によってリプレイが行われる。他のゲームでは躊躇によるミスや、やり損ないによってリプレイされたりする。「DV」における戦闘場面の反復はこうしたゲーム感覚を再現しようとした意図も含んでいる。だがゲーム的小説と言われるものはすでに生まれていて、ネット掲示板の流行からインターネット小説として「電車男」が生まれたように、ゲームの流行によって、ゲーム小説として水野良の「ロードス島戦記」や桜坂洋の「All You Need Is Kill」が生まれている。

これらのゲーム的小説で消費されるのはもう直線的な物語ではない。どちらも読者参加型のメタ物語であり、こうした小説を読むゲームおたくがより感情移入できるのは物語よりも自分が参加できるメタ物語なのである。こうした小説を東浩紀はゲーム的リアリズムと称し、特に桜坂洋の作品をゲーム的リアリズムの傑作としている。「All You Need Is Kill」では何度も戦闘が繰り返され、主人公の死のたびに時間と主人公たちの生が反復される。

このようなゲーム的リアリズムの小説が文学になり得るかという疑問が起るのは当然のことだろう。何しろそこでは、ある意味読者でもある主人公が、死んでもまた生き返り、人生をリプレイすることができるのだ。死があるからこそ人生があるという従来の常識がないところに、真の文学が生まれる筈がないというわけだが、しかしこれは真の死を真の文学＝純文学に結びつけようとするいささか無茶な理屈と言える。

われわれが小説を読んで体験する死は、むろん真の死ではない。しかしそこでわれわれは真の死に近いものを体験し、死を認識するではないか。だからこそ死を思い、自らの人生を顧みることもできるのである。ゲーム的リアリズムもまた同じであり、実際のゲームにおいてさえ、ゲーム上の死に遭遇した時には相応のショックを受ける。ゲーム的リアリズムの小説では、主人公たちはリプレイの際に前回の生と違った生を生きようとするわけで、これは必ずしも戦闘技術の向上というだけで片づけられはしない。真の死なら意識が途切れて終了となるところを、リプレイによって死の体験が学習され、多かれ少なかれ前回の生への顧慮があり、よりよき生へ向かおうとするからだ。そうしたゲーム的リアリズムの中に、強ち文学性が皆無とは言い切れないのではないだろうか。

戦争ゲームのように死が繰り返されるのではなくても、こうしたゲーム感覚を、小説以前に、映画は再現しようとしている。実在する有名なゲームをそのまま劇化したものも多いが、中にはより高度な芸術性・文学性を持つ映画も作られている。ジャック・リヴェット監督の「セリーヌとジュリーは舟でゆく」という三時間に及ぶ大作では、ヒロイン二人が何度も繰り返しある一軒の館を訪れる。そこを訪れるのにはある手続きが必要で、二人は特殊な飴を舐めることによって空想とも夢とも現実ともつかぬその館に入っていく。二人が行くたびに館の住人は前回と同じ言動を繰り返している。二人の存在に住人たちは気がついていないのか、あるいは気がついていないふりをしているのか。この館にはひとりの少女が軟禁されていて、二人の目的は彼女を救い出すことだ。二人は次第に大胆になり、住人たちの役を自分たちが演じたり、彼らの演じている物語に介入したりして彼らを困らせる。

結局二人は少女を館から連れ出すことに成功するのだが、そこには何とも言いがたいある文学的感動がある。例えばそれは、夢の中から何かを持ち帰ってくるといった気色の悪い感覚に近く、しかもそれは小説として書くには甚だ困難な感覚である。「DV」ではなんとかこの感動を小説に移し変え文章で表現しようと試みている。言うまでもなく、主人公がキディ・フォレストにやってくるくだりだが、キディ・フォレストはただの仮想現実の森であってゲームではない。ゲーム性は映画における少女の救出と同じく、主人公がこの森からピンク・アウルを盗み出そうとして何度も森を訪れるその反復の中にある。うまくゲーム性を再現できているかどうかは読者の判断に委ねたい。

人生の反復

文学で人生の反復と言えば、そのタイトルからしてまず思い浮かぶのがマルセル・プルーストの膨大な長篇「失われた時を求めて」であろう。文章の反復こそないものの、全体が主人公の人生の回想になっている。回想のきっかけは主人公がマドレーヌを食べて子供のころの感覚を思い出したからだが、このマドレーヌを食べる場面をあと何回か作中で繰り返した方が効果的ではなかったかと筆者は思う。だが特に繰り返さなくてもこのマドレーヌのことには多くの評論家が触れているので、やはり一回限りの名場面なのかもしれない。自分の人生を反復するには何かのきっかけが必要であり、この場合はマドレーヌの味覚がそれであったということなのだろう。

このプルーストの名作についてはいろいろと思うところが多い。シャルコーの弟子と称する医師の診断で主人公の祖母が死に到ったり、出てくる医師がみな俗物であるなど、プルーストの医師嫌いは特に際立っているが、家族が医師の家系なのに、自分だけ医師になれなかったからであろうか。そのシャルコーのところへフロイトが会いにきて、シャルコーの理論の誤りに気づくのが、ちょうど主人公＝マルセルの祖母の死んだ頃であったなどが、「マルセルと医師たち」として探究してみたい部分である。だがこれらはむろん本稿とは無関係なので、いずれ稿を改めて考察するつもりである。

人生を反復するきっかけとなるのは、多くは自分の死を意識した時だ。しかしたいていの人は健康な時に死を意識することなど滅多にない。本来は常に死を思うことによって自らのよりよき生を生きようとするべきなのであろう。死の前に自分を投げ出す、ハイデガーの言う「企投」である。しかしたいていの人はいざ死を目前にしてから、否応なしに死の前に投げ出され、死と向かいあう。「被投」である。そして死の凄まじい形相に顫《ふる》えあがって、とてもまともに向かいあうことができずに、「既在」つまり過去へとはね飛ばされてしまう。それによって自分が何であったかを規定することができる。自分は「かくあった」という規定から、「かくあり得る」が現れる。通常はここから「現成化」つまり「これから自分は何をなすべきか」が生成されるのだが、あいにくすでに死は目前だ。ひたすら過去の自分を悔やむことしかできず、誰もがそうであるように「最極限の未了」つまり存在として完了しないまま、死にからめ取られてしまうのである。

　ここで「ＤＶ」の主人公は、過去のさまざまな場面を回想しながら、自分がこの虚構の中で、いくつか存在した過去の分岐点へ戻り、前回とは異なる選択肢を選ぶことが可能なのかもしれないとうすうす勘づいている。しかしここで彼はゲーム的な人生のリセットを拒否する。哲学を少しは知っている彼にとって、何度リセットしても結局は「最極限の未了」にしか到らないことがわかっているからだ。

　それでも一度だけ、主人公は、または主人公の回想は、あるいはまた小説そのものは、冒頭に戻る。これは、小説がそこからそのまま全体を反復することも可能であることを示唆している。ここから読者が反復と「読み返す」こととの違いを意識してくれれば、作者としてはありがたいのだ。そしてまた、本当に「読み返す」気になってくれればさらにありがたいのである。

幸福

小説家に不幸などあるのだろうか。小説家の言う自分の不幸はそれ自身が贅沢である。小説家になりたくて苦しんでいた昔日の初心を忘れて不幸を誇大に感じ、それに悩んだり、時には書いたりもする慢心は小説家の品格にかかわる脳内物質の異常分泌だ。などと書きながらも小生だって作家生活の日常にかかわるちょっとした不具合を面白おかしく書いたことがある。いや。書いた筈である。おそらく書いただろう。あっ書いています。書きました。だが書いたとしてもそれはささやかな不満であって、作家として生活していることへの遠回しの自慢であったり、作家志望の人たちへの遠回しの顧慮であったり、編集者への遠回しの牽制であったりする。今すぐ作家になれていたらどんなに嬉しいだろう、作品をなかなか雑誌に載せてもらえず、作家として生きていける日を熱望して悶悶としていたあの何年間かの時代を思い出せば、今現在作家として認められている幸福は何ものにも換え難いものがある筈で、その証拠にはある朝目醒めたら無名の昔に戻っていたなどの悪夢を想像し慄然とすればわかる筈だ。

いったい小説家の不幸にはどんなものがあるのか。ニュースを着想に利用しようとして本質が見えなくなる。ファンと称する莫迦《ばか》から手紙や電話がくる。執筆活動のため社会と疎遠になる。自分の名を知らぬ人間が腹立たしい。作品世界にのめりこんで自分の人生が犠牲になる。「三文文士」「もの書き風情」などと言われる。ろくな批評が出ない。金銭に恬淡としている態度を示さねばならず、だから安い原稿料を支払われ、講演料も安く、文句を言えば金に汚い先生と言われる。読んでくれと素人の原稿が送られてくる。理解者が少ない。のっけから共産主義者だと思われている。バーやクラブへ行っただけで「堕落した」と言われる。マスコミの取材はこちらの話を聞かずつまらない質問ばかりであり、重要な部分をカットし、ひどい顔写真を撮って載せる。本を読んだというだけの見知らぬ輩が気安く話しかけてくる。基地外の人が自宅にやってくる。自分を見て子供が泣いた。犬に吠えられた。じろじろ見られる。こっちを見て小突きあう。テレビ局では芸人と同じ楽屋だ。社会運動から寄附を求められる。生活時間が不規則になった。家族まで莫迦にする。とどめは有名になり過ぎると遺族が面倒がって葬式を出してくれない。

もうおわかりと思うが、こうした不幸とまでは言えない単なる不満の大半は作家としての慢心にある。あの日のことを思い出し、こうした不満の湧出はあの日の自分ならなかった筈だし、あの日の自分ならどれもこれも当然の扱いと思い、むしろ喜んだ筈のものでもあると思えば納得できようというものだ。だいたいこういう不満を持つ作家は新人賞などの文学賞を早いうちに獲った人に多く、あの日の苦しみを長く体験していないので初心に還るのが難しいのである。まあ、わからないこともない。

もし不満を書くのなら小説家としての不満ではなく、日頃誰でも抱いている一般人としての不満を書くのが無難である。無難というよりは普通の人よりもうまく書ける筈なのだから読者を喜ばせることにもなる。小生もなるべく誰でもが持つ不満を面白おかしく書くようにしているが、それすら曾て山野浩一から「誰にでもあるような不満を書いている」と批判されたことがあるので、できれば文学的または超現実的または哲学的に書いた方がよいのではないだろうか。

さて次はいよいよ「小説家の『幸福』」について書かねばなるまいが、これはあまり面白くない。不幸に比べて他人の幸福はほとんどの人が喜ばないからだ。それでもまあ、書いておこう。食通と思われ、料理店ではいい席に案内され、料理も旨い。文藝春秋の庄野音比古によれば「この店は一人で来るといつも不味いのに、筒井さんと来るといつも旨い」のだそうである。気難しいと思われ、だいたいは丁重に扱われる。社会的発言力ができた。多少の非常識が許して貰える。我儘を言うと喜ばれることがある。本が無料で贈呈されてくる。映画の試写会や芝居に招待される。編集者を通じて偉い人や専門家に取材ができる。夜更し、朝寝坊をいくらしてもいい。作家同士の交際ができ、小説に関する知識がどんどん増える。厄介な資料集めを編集者がやってくれる。ラフな服装でどこにでも行ける。背広を着なくていい。莫迦なことを言っても笑われず感心される。自分をいじめた連中を見返してやれる。自分を莫迦にした奴らを莫迦にできる。いい着想がなくてその時の大事件を作品に書いても、かえって話題になり評判がよい。見知らぬ人とも話ができる。家族から尊敬される。そして何と言ってもプロの小説家になれたのだという満足感。……。

【ら行】

【わ行】

【や行】

【ま行】

【は行】

【な行】

【た行】

【さ行】

【か行】

索引

【あ行】

初出
「群像」二〇一三年一月号〜十月号
反復
「新潮」二〇〇八年五月号（「反復する小説――『ダンシング・ヴァニティ』再考」改題）
幸福
「新潮」二〇一三年五月号（「小説家の『不幸』と『幸福』」改題）

筒井康隆（つつい・やすたか）
1934年大阪市生まれ。同志社大学文学部卒業。展示装飾を専門とする会社を経て、デザインスタジオを設立。60年にSF同人誌「NULL（ヌル）」を発刊し、江戸川亂歩に認められて創作活動に入る。81年『虚人たち』で泉鏡花文学賞、87年『夢の木坂分岐点』で谷崎潤一郎賞、89年「ヨッパ谷への降下」で川端康成文学賞、92年『朝のガスパール』で日本SF大賞、2000年『わたしのグランパ』で読売文学賞を受賞。97年にフランス・パゾリーニ賞、2010年に菊池寛賞を受賞。97年にフランス・芸術文化勲章シュバリエ章、2002年に紫綬褒章を受章。主な作品に『アフリカの爆弾』『時をかける少女』『家族八景』『大いなる助走』『虚航船団』『残像に口紅を』『文学部唯野教授』『聖痕』などがある。

創作《そうさく》の極意《ごくい》と掟《おきて》

二〇一四年二月二八日　第一刷発行

著者――筒井康隆《つついやすたか》

発行者――鈴木　哲

発行所――株式会社講談社
東京都文京区音羽二―一二―二一
郵便番号一一二―八〇〇一
電話　出版部　〇三―五三九五―三五〇四
販売部　〇三―五三九五―三六二二
業務部　〇三―五三九五―三六一五

印刷所――凸版印刷株式会社

製本所――大口製本印刷株式会社

定価はカバーに表示してあります。

ISBN978-4-06-218804-3